2 冒險就是去尋寶

銀千羽—著

希月—繪

人物介紹

端木玖

身分：端木家族嫡系九小姐
年紀：美少女般的十五歲
特長：賺錢（打劫）和花錢（買東西）
出場印象：從傻子進化成一個既土豪又敗家的奇葩美少女
口頭禪：要好好活著

紅髮少年

身分：不明
年紀：不明
特長：不明
出場印象：驚鴻一現，實力莫測的紅髮美少年
口頭禪：暫無

仲奎一

身分：西岩城武器店老闆
年紀：一百多歲
特長：煉器
出場印象：看守武器店的鬍子大叔
口頭禪：那個阿北家的小姑娘

樓烈

身分：不明
年紀：不明
特長：吃魚、喝酒
出場印象：黑黑灰灰的怪老頭
口頭禪：我不是壞人
（內心附註：是帥哥）

北御前

身分：玖父託付之人，來歷神秘
魂階：五星天魂師
武器：黑色長槍
出場印象：外表約三十歲的紫衣帥美男
口頭禪：不能把小玖養歪了

焱

身分：與端木玖靈魂相連的伴生體
年紀：不重要
特長：放火
出場印象：使命必達的忠誠小夥伴
口頭禪：啾！（我最喜歡玖玖！）

紅色小狐狸

身分：魔獸
年紀：不明
特長：自動撲到端木玖身邊
出場印象：疑似魔獸火狐狸的紅毛小狐狸
口頭禪：暫無

目錄

第十一章 焱

地底黑暗深處，隱隱有一點光芒，時隱時現地閃動。
即使是正在下墜中，那道光芒看起來依然很隱晦。
這證明，那點火苗距離她還很遙遠。
端木玖雖然持續以丹田裡的靈氣護住自己和小狐狸、想辦法減緩下降的速度，但是一人一狐依然掉落得很快！
半個時辰之後，端木玖敏銳地察覺到空氣改變了。
下降的壓力變小，四周的景物崩落的速度明顯慢了下來，周圍震動的迴音也漸漸變小。
端木玖在空中踏出一種步伐，讓自己掉落的速度穩定下來。
「小狐狸，還好嗎？」
目測她還要掉很久，所以她有心情跟牠聊天了。
狐狸牌燈泡繼續亮著，讓她很方便地隨時觀察四周，至少不要被什麼給砸到，不然就太倒楣了。
「……」牠當然很好。
如果這種陣仗就想嚇倒牠，那是不可能的事。
但現在是聊天的時候嗎？

她這麼悠閒的樣子，讓這個別人認為跌下來絕對只有死路一條的地方，變得好沒有危險性。

牠非常懷疑，她是把這裡當成觀光遊玩的地方了嗎？

想到這裡，小狐狸看著她，晶靈透澈的眼睛中肯地表達出不解。

他們一直在下墜，她真的一點都不緊張、不擔心？

端木玖彎眉一笑。

小狐狸這個表情她看懂了。

「小狐狸，我們人類有句話說：『既來之，則安之。』意思就是，我們都掉到這裡來了，緊張害怕什麼的完全無濟於事，還不如等著看接下來還會有什麼變化，再來想辦法。」

端木玖不是不擔心自己的安危。

只是擔心也沒用的時候，還不如多小心一點，努力尋求生存的機會。

小狐狸從她懷裡抬頭看著她，然後，又窩回她懷裡。

牠不太懂這個人類。

但是，牠喜歡這個人類。

魔獸不喜歡理性和思考去分析什麼，只要牠覺得好，就行了！

端木玖拍拍牠，繼續看著四周，也留意著下方的變化。

那一點的光芒，一直沒有變得更加清晰，但是墜落到現在，端木玖又重新感覺到四周漸漸升高的溫度。

下方的一點光芒始終維持著不明亮的光度，可是端木玖感覺到，她已經漸漸在接近那點光芒。

不知道為什麼，她的心，不自覺地也愈跳愈劇烈……

「嗯？」她眉頭微蹙。

一直趴在她懷裡的小狐狸也感覺到她的不對勁，抬起頭看著她。

端木玖卻望著那點光芒，眼神不曾稍移。

奇特的是，那點光芒，突然發出強烈光彩，很快將四周照亮，光線直往上擴散。

小狐狸看清楚四周的一切。

端木玖和牠還在下墜中，四周的景物也在下墜，下方的光芒很亮，但距離很遠，只隱約看得清底下是一堆深色的土地，或石頭。

然而那點光芒，卻好像漸漸往上飄。

雙方的距離正在縮短。

是錯覺嗎？

小狐狸很懷疑，但很快發現不對，底下的光芒是真的在往上飄！

而且，就朝著他們而來！

而光芒一上飄，底下那個看不清楚的深色物體似乎也動了，並且發出微弱的暗紅色光芒。

一人一狐這才發現，原來底下的一切並不是靜止的，而是流動的。

就像在岩漿的流動裡，生存著能活動自如的岩火獸一樣！

只不過底下的岩流並不是火紅色的，而是暗沉得近乎黑色；那道暗紅色的光芒——竟然愈變愈大了！

小狐狸沒空再理下面「那一坨」暗紅色，因為剛才那一點光芒，已經飄到他們眼前，保持和他們一樣的下降速度。

端木玖目不轉睛地看著它。看著看著，眼睛裡居然漸漸凝結出水氣。

而它，似乎也在看著端木玖，就一直保持在端木玖的眼前。好一會兒後，它淡淡的光芒，漸漸、漸漸地發亮，而且愈來愈亮。

就像，遇到了什麼高興的事，在開心、在笑、在跳躍一樣。

端木玖終於開口，輕輕一聲——

「焱。」

那點光芒彷彿被一層光芒由下往上刷過，變得更加光亮！

同時，也發出一道聲音——

「啾？」

端木玖伸出右手：「焱！」

那點光芒立刻撲到她手上。

「啾啾！」

玖玖！

「呵呵……」

端木玖輕聲笑了出來，眼眶裡的水氣，也終於凝結成淚，掉了下來。

滴在小狐狸頭上。

小狐狸抬起頭，晶紅的雙眸望著她。

但是端木玖卻沒有空看牠，只看著那點光芒。

這讓小狐狸深深覺得，自己被忽視了被忽視了被忽視了……

「啾……」那點光芒停在她的手掌心上一會兒後，才開始慢慢移動，從手掌心往肩膀——用滾的。

滾到端木玖的肩上後，就窩在她的肩窩裡，還蹭蹭她的臉頰。

「啾……啾……」

玖玖……玖玖……

「焱，真的是你……」她竟然找到它了！

真的找到它了！

她以為還要很久，才能和焱重逢，沒想到卻這麼快……

「呵呵……」

端木玖很開心地笑，閉著眼，感受著焱熟悉的舉動。

然而蹭著蹭著，焱身上的光芒，卻慢慢黯淡下來。

端木玖敏銳地察覺不對勁，眼睛一瞬開，臉色微變。

「焱?!」

「啾……啾。」沒……事。

「焱，你怎麼了？」端木玖把它捧在掌心上。

焱的樣子完全變了。

以前，焱在她身邊，一直是化成一隻小獸的模樣，每時每刻，它都是發光發亮的。

但現在——怎麼連形體都沒有，只有一點光芒了?!

「啾……」沒事……

「啾啾……」玖玖好，就好了……

「焱……」端木玖真的擔心了。

焱從來沒有這麼虛弱過，它一直是赳赳、氣昂昂的，不管面對什麼，只要焱一經過，沒有打不敗的敵人、沒有處理不了的東西。

「啾啾，啾啾。」沒事，要休息。

焱說得簡短，端木玖卻驀然明白——

「焱，難道你……」

她話還沒說完，底下突然傳來一陣咆哮！

「吼！」

◈

小狐狸低頭，就看見剛才牠注意的那個暗紅色的、漸漸變大的東西，真的變得愈來愈大了，竟然從下面不知道多深的地方緩緩站起來，一直伸展、一直伸展，頭就伸到他們面前來了！

從上往下看，只看到有頭、有身、有四肢，是一個很像人類的形態——很巨大的那種。

在端木玖和小狐狸都還沒分辨出這到底是什麼的時候，暗紅色的東西突然一動！目標，就是端木玖掌心裡的焱。

雖然無處立足，但是在下墜中端木玖仍然硬是讓自己挪動了方位，避開那個暗紅色的東西。

一把沒抓著，暗紅色的巨大東西一怒——

「吼！」

巨大的聲波在地底中迴響，發出「吼……吼……」的回音。

焱想從端木玖的掌心裡爬出來。

「焱，別動。」端木玖握穩它。

「啾……」焱有點急。

「焱？」

端木玖正不解地看著焱奇怪的反應，那個暗紅色的東西卻從右側搧來一股蒲扇般的大面積攻擊。

小狐狸蹦地，立刻從端木玖懷裡站起來！

端木玖卻還是很冷靜，看著一團暗影朝自己面前拍來，她一手握著焱、一手抱著小狐狸，身形倏然往下一閃！

蒲扇般的拍打落空，反而不知道打中了什麼東西，發出好幾種聲響。

啪！砰！碰！咚！

而端木玖已經再度移位，拉開與那個黑黑的不知道是什麼的巨大物體的距離。

為了隱匿身形，小狐狸的身體已經不再發亮。

端木玖抬頭看去，瞇起眼。

這個東西，雖然看起來很像人，但舉止間卻有些笨拙，動作也不太連貫。

應該不會是什麼巨人之類……等等，巨人在這種火山底的地方也不能生存吧？

「啾啾！」

焱又發出叫聲。

那個巨大物體好像遲鈍了一下。

但是，端木玖發現有東西朝她丟來了，她立刻轉移位置！

「咻……」

一聲小小的回音過去，端木玖也看過去，然後眼角抽了一下。

「石頭？」

「……」小狐狸也無語。

而且還是一顆有她半個人這麼大顆的石頭，就這樣飛過去？

……這麼大顆拿來當暗器真的「大丈夫」？

結果，暗器還不只一顆！

咻——咻——咻——

好像在丟連環石，大石頭暗器一顆接一顆丟過來，每顆差不多大也就罷了，連丟過來的速度都很一致。

……難道這裡有投石機嗎？

竟然還丟得那麼有節奏！

「小狐狸，那個大東西到底是什麼東西呢？」端木玖邊閃，還一邊問。

她的語氣不慌不忙，顯然現在的情況對她來說還不算什麼大危機。

「……」小狐狸蹙著眉，一直盯著那個大東西。

火山底。

暗黑色。

大東西。

該不會……

突然——

咻！

一顆大石頭突然從下方丟過來，速度很快！

端木玖立刻閃避。

然後又是上面掉下來的石頭。

端木玖還沒站穩，又立刻移位。

左側、右側、四面八方，都有石頭丟來。

端木玖只能不斷移動。

現在她還在墜落中，根本沒有可以站的地方，能移來移去，完全靠她剛修練不久的心法支持。

但是那點功力，很快就因為不斷移動而損耗過快。

兩刻鐘過去，端木玖神情凝重，雖然還能躲避石頭的攻擊，但是呼吸開始有些喘，身體也不像剛才那麼穩，反而有些顫抖。

小狐狸知道，這是即將力竭的反應。

但即使如此，她還是把小狐狸抱得緊緊、也把焱握得緊緊，一點都沒有要放開他們的念頭。

小狐狸心一動。

端木玖卻突然輕喘一聲。

躲過了一顆石頭，卻來不及避開另一顆，她背一轉，用自己去擋——

「唔！」

後背前胸的震盪，她體內氣血逆騰，唇角止不住溢出的血跡。

「！」小狐狸一震。

焱更是從她手掌裡冒了出來。

「……沒事。」

端木玖低聲安撫一句，不但沒有因受傷而失去冷靜，反而依石頭撞擊而來的力道，順勢向側方挪移，在黑暗中隱去身形，同時加快了下降的速度。

小狐狸聞到血的氣味，身一動就蹦出來，站到端木玖的肩上。

她連忙一手抓住牠。

「不可以！」很危險！

小狐狸紅色的眼睛，在黑暗中卻彷彿發出晶透的光彩，緊緊盯著她唇邊那點血跡。

「啾！」燚也很激動，硬是掙脫了她的手掌，跳到她另一邊肩上。

燚的光芒，無論在多黑暗的地方，都掩不住。

於是端木玖的位置又洩漏了。

一顆大石頭又砸來——

「啾……！」

燚生氣了！

一道光芒瞬間射向那顆大石頭，大石頭就——突然消失了。

小狐狸瞪著眼。

牠看清楚了。

那不是大石頭消失了、不見了，而是根本就被那道光芒給——燒、沒、了！

但因為射出光芒，燚那點光芒似乎又黯淡了一點。

接著，燚就從端木玖的肩上，直接飛了出去，飛得高高高……

然後……

「砰！」的一聲巨響。

轟……

整個地底突然都震動了，周圍充滿轟隆轟隆的回音，連端木玖都差點被這道巨大的聲音給震得掉下去。

但一穩住身體，端木玖就抓著小狐狸，立刻往那點光芒追去。

「燚……呃？」

端木玖和小狐狸看到燚了，可是同時看到的景象，也讓一人一狐同時呆了一下。

只見一點小小的光芒，正點在一顆大石頭上，一邊上上下下跳呀跳個不停，一邊還一直叫著。

「啾啾啾啾！」

「啾啾啾！」

「啾啾啾啾啾啾啾啾！」

怪的是，那顆大石頭，居然就乖乖地讓燚在它頭上跳跳跳。

咦，大石頭好像變矮了——是錯覺嗎？

而燚雖然只是啾啾叫個不停，但是那個語氣、那個樣子，要是不看這只是一點光和一顆大石頭，絕對會以為這是哪個大人在訓斥哪個小孩子！

端木玖默默地汗了。

她聽懂燚在說什麼。

你怎麼可以亂丟石頭！

那是玖玖耶！

我以前說過要保護的那個玖玖啊！你見到玖玖也要保護她的，忘記了嗎！

我都叫你停了你都不聽還一直丟丟丟，要是玖玖受傷了我就不理你了！

哼哼哼！

「嗚……」大石頭發出了一點嗚嗚聲，像在道歉。

「啾啾！」不准你傷害玖玖！要保護玖玖知道嗎！

「嗚……」

「……」焱忽然不出聲了。

「嗚嗚……」大石頭忽然動了。

它伸出手來，把焱捧在面前。

端木玖這才發現，剛才覺得大石頭變矮不是錯覺，事實上——它坐下了。

再聯想到剛才的一聲巨響「砰！」——難道剛才焱飛出去，是像踹人那樣的，把大石頭給踹坐下去了?!

——焱，威武。

「啾……」焱終於再出聲，然後就飛到端木玖面前。「啾啾，啾啾。」

玖玖，石石不是故意要攻擊妳的。

它以為妳要抓走我，才急得丟石頭。

「嗯。」端木玖點頭一笑，伸出手，讓焱停在她的手掌心。「焱，你怎麼會在這裡？」

「啾……」玖玖受傷了，要先休息。

焱朝後面的那顆大石頭又叫了幾聲，大石頭就伸出一隻手臂，讓端木玖站在上面。

端木玖也真的站上去了，但是現實的大小對比，讓她真是「……」。

以體積大小比較，她整個人，還沒有大石頭一根手指那麼大。

端木玖生平第一次體會，原來她真的很渺小……

「啾……呼……呼……」

搞定了大石頭，燚在端木玖的掌心上，光芒愈來愈弱了。

「燚?!」端木玖臉色一變！

燚明明有事！

「燚，你撐住！」

端木玖放下小狐狸，從衣領裡拉出一顆黑色的小石頭，拿著小石頭就靠近燚。

燚的光芒一依著黑色小石頭，立刻發出刺眼的光芒，端木玖、小狐狸同時一陣暈眩。

一人一狐加上燚，突然就消失在大石頭的手臂上！

四周的光芒似乎也在同一時刻消失，陷入完全的黑暗！

大石頭呆住了。

「？」啾啾？

手抓了抓。

空的？

不見了?!

大石頭又抓了好幾次，都是空的、什麼也沒有，啾啾不見了！

它驀地發出一聲又急切又哀傷的嗚咽聲：「嗚嗚……」

◈

就在焱與端木玖、小狐狸消失的同一時間，岩火山上噴發的岩漿，突然開始平息了。
四周流竄的岩漿也以奇異的速度開始降溫。
隨著岩漿四竄的岩火獸突然一致往火山的方向回奔。
還有部分直接就沉入岩漿裡。
這讓一群在樹林裡往西岩城方向奔逃的傭兵團成員與三大世家的成員們個個感到驚異。
不但逃命的速度慢了下來，甚至還能停下來，往火山的方向看。
「火山停了。」燕東飛看著火山口。
「不對勁。」蒙亦奇也停下來，眉頭皺著。
楚天軍與衛利斯同樣一臉深思。
雖然岩火山百年一爆發，以前的爆發他也沒有親眼見過，但是根據之前見過的團員形容，爆發不會只有這麼一下子。
端木陽看著火山停止噴發，臉色有點變化不定。
仲奎一背著昏迷的北御前停在另一邊，同樣看著火山口，臉色黑黑的——雖然這時候根本沒人管他臉色黑不黑，大家只關心火山為什麼變安靜了，是不噴了嗎？還是有什麼原因？
一會兒後，蒙亦奇又開口：「你們有沒有覺得，現在一點都不熱了？」
蒙亦奇一說，在場所有人立刻發現到了。

西岩城地臨火山，常年高溫，即使是冬天，也比其他地方要來得溫暖；就像現在是秋天，在其他城，早已經是涼爽的天氣，然而西岩城，卻依然有著濃濃的炎熱。

但是現在，那股炎熱不見了，他們……竟然有種涼爽的感覺?!

這真的不是錯覺！

在剛噴發的火山旁就覺得很涼爽，這樣正常嗎？

所有人你看看我、我看看你，都不能理解現在到底發生了什麼事。

火山噴發不應該那麼快結束，它卻突然停了。

氣溫不應該變涼爽的，它卻偏偏變涼爽了。

「我想……」蒙亦奇才開口，仲奎一背上的人卻突然有了動靜。

「呃……」

蒙亦奇和其他人的目光立刻轉向。

仲奎一也聽到了，立刻驚喜地回頭。

「阿北，你醒了？」

「奎一？」北御前還沒有睜開眼，但憑聲音認出了人。

「是我，你覺得怎麼樣，還好嗎？」仲奎一蹲身把他放下來。

「還好……」等到意識清醒了，北御前才發現自己剛才竟然是被仲奎一背著，而且是在眾目睽睽之下！

——黑線。

但是他隨即想起之前的情況，這種尷尬的感覺馬上消失。

「這裡是……」他看了看四周，認出這裡是城西外的森林，然後再看向其他人。之前和他一起在火山附近的人，或昏或傷地被人背著，還有西岩城兩大傭兵團的人……端木陽也在?!

就在這個時候，地面突然開始震動。

「是地震，快跑！」有人一喊，立刻有許多傭兵跟著跑。

但是北御前、仲奎一、蒙亦奇和燕東飛等人都沒有跑，只是各人各自站穩，眼神注視著岩火山的方向。

不一會兒，地震就停了，接著又小小搖晃了幾下，一陣、一陣。

原本驚慌逃跑的傭兵又很快冷靜下來，各自找好地方待著，等待分團長的命令。

地面震晃得並不連續，震動的聲音也不大，北御前觀察著四周，判斷暫時應該不會有危險後，才看向仲奎一。

「我昏迷後，發生了什麼事？」

他記得他來這裡進行傭兵任務，也記得被岩火獸包圍的驚險，在失去意識之前，他似乎看見了……小玖?!

還有火山爆發——

仲奎一頂著好友疑問的眼神，頓時心虛了；生平第一次發現，他也有話說不出口的時候。

「奎一？」

仲奎一那麼心虛的表情，讓北御前有了不太好的預感。

「阿北，那個……你聽了之後，不要太激動；你家的小姑娘……為了救你……被岩漿吞沒了……」

北御前臉色一變！

同時地面又開始震動，而且愈震動愈劇烈。

北御前卻毫不遲疑，轉身就朝岩火山的方向飛躍而去！

「阿北！」來不及拉住人，仲奎一只好也追著去。

蒙亦奇和燕東飛交換一眼。

「你們先回城。」

他們兩個，則跟在北御前和仲奎一後方，向岩火山奔去。

除了他們也關心端木玖的安危之外，岩火山的異狀，身為傭兵分團長，他們也有必要探查一番。

◈

「啾，啾。」

熟悉的聲音、頰邊熟悉的觸感，讓端木玖立刻睜開眼！

「焱。」

她立刻坐起身，顧不得打量四周，只看著焱。

「啾啾。」焱很高興，在她身前轉了個圈。

現在的焱，不但不是一點點快要熄滅的小火光，反而變成了一團紅色的耀眼光芒。
光芒之中，更可以清楚地看見一隻小飛鳥獸的形狀。
「焱，你恢復了?!」端木玖一臉驚喜！
這是焱原來的樣子！
這才是她熟悉的焱的樣子！
「啾啾。」只是暫時的。
「暫時？」端木玖愣了一下。「焱，到底怎麼回事？」
「啾啾！」都是玖玖不好！
焱有點生氣，還轉過身，背對端木玖。
它有力氣了，所以決定要跟玖玖生氣一下。
「焱……」
「啾啾啾！」玖玖壞，要丟下焱！
它沒有忘記，玖玖一直咳血，後來都叫不醒，也不理它……
玖玖壞！玖玖壞！
「焱，對不起……」
她沒有忘記前世的事，以及最後的告別。
她知道，焱記得她前世最後的樣子。
儘管她不是故意的，可是卻也猜到自己可能必須承受那樣的後果。
可她還是做了，丟下焱一個……

焱雖然不是人，可是它有靈智、懂得喜怒哀樂，它懂得，在那個世界，她丟下了它。

被丟下，不是一件好受的事……

「啾！」玖玖壞！

焱身上閃爍的光芒，緩緩地，掉下了一點、一點的亮光，落到地面。

就像眼淚。

「焱，對不起。」感覺到焱的傷心，端木玖雙手捧抱著焱，靠在自己的頸窩邊，輕哽著聲：「真的，對不起……」

她難過，焱也很難過，它突然急切地又叫了。

「啾啾啾啾啾啾！」

玖玖要答應，不可以再丟下焱，焱不生氣。

端木玖聽懂了，很鄭重地看著它，點了點頭。

「嗯。以後，我們一起作伴。」

「啾啾？」玖玖不騙焱？

「嗯，不騙焱。」她，會努力活下去。

焱這才沒再掉光亮了。

「啾！」焱很開心！「啾？」玖玖變不一樣了。

雖然端木玖的長相和前世很相像，但卻比前世更精緻、更稚氣，也更漂亮一點。

還有，個子沒有以前高……

這些早在端木玖「醒」過來沒多久就發現了。

雖然最後一點讓人有點心酸，不過她也沒有太在意。

能再活一次，而且是和焱一起，這點「縮水」的小失落，完全可以忽略不計。

「焱不喜歡我現在的樣子嗎？」

「啾……」焱歪著頭，思考。

「雖然有點不一樣，可是我還是我，焱就是焱，這樣就可以了，對吧？」

「啾！」焱立刻應聲。

對！

它認得玖玖，也只認玖玖，只要靈魂是玖玖，外表沒關係。

「啾啾！」焱突然歡快地跳了兩下。

玖玖，什麼樣子，都喜歡！

端木玖輕聲一笑，打量著焱。

「焱，你也有點不一樣了呢！」

正歡快跳著的焱，突然頓了一下，下意識覺得有點冷。

端木玖笑咪咪。

「焱，我們來到這裡，到底是怎麼回事呢？」

焱：「……」

僵硬。

第十二章　族地重現

燚化成的小獸，是沒有表情的。
但是端木玖就是知道，燚心虛了。
心虛耶！
不過燚也沒有心虛太久，它只僵了一下下，然後就背過身去，拿屁股對著端木玖。
「啾！啾！」
都是玖玖不好！都是玖玖的錯！
「……」呃……她的錯？
「啾啾啾。」
我不要玖玖死，不要跟玖玖分開。
「啾啾！」
可是玖玖丟下我都不理我！
「啾啾啾！」
我不要和玖玖分開，要和玖玖一起活下去！
「啾啾啾啾啾……」

焱一直背對著端木玖，發出的聲音激烈又尖銳，周身的火焰也因為焱的激動不停燃燒，看起來就像整隻小獸正在冒著火。

端木玖有點哭笑不得。

焱這絕對是用生氣作掩飾。

所以它百分之百是心虛了，才會又生氣了。

焱，用怒氣掩飾心虛是很容易露餡的呀！

端木玖一點也不怕身上正冒出火焰的焱，伸手就抱回它，安撫地摸摸它。

「焱……同一件事不能連著生氣兩次喔！」她輕聲道。

焱，又僵了。

「你做了什麼事不敢讓我知道？」

前世幾乎從出生開始，焱就一直在她身邊，她太了解焱了。

只要焱心虛，就特別傲嬌，胡攪蠻纏，故意生氣掩飾心虛。

這點真是一點改變都沒有。

被抓包的焱周身不再冒出火焰了，好一會兒，又慢慢轉回來，看著端木玖。

「啾……啾……」

焱……不要玖玖不見……

「啾啾啾……啾啾啾……」

焱說得很簡單，端木玖卻聽得很心疼、也很愧疚。

「焱，是我不好。」

「啾……」焱突然跳到她肩上，蹭了蹭她。

這表示它不生氣了。

「但是焱，你還是要告訴我，這到底是怎麼回事。」端木玖看著它。

人死後……好吧，傳說中是會只剩下靈魂，然後歸往黃泉。

這種說法是真是假——她怎麼知道?!她也是第一次死嘛！

不過就算是假的，也不應該是讓她直接帶著記憶在別的世界投胎重生吧？

焱猶豫了一下。

「啾……」焱低低地叫。

其實，它也不是很懂怎麼一回事。

焱只知道，它不要玖玖死。

用盡所有的力氣，不要玖玖死。

◈

雖然焱會聽話、會表達、有自己的意志，不過如果相比人類，焱現在的思考能力，大概就像四、五歲的小孩一樣。

想到什麼，就直接去做了，完全不會思考後果。

「啾啾，啾啾。」焱又叫了好幾聲。

玖玖不死，去哪裡都可以。

可是它變弱了，漸漸就沉睡了。

在沉睡之前，它只知道，玖玖活了，所以就放心地睡著了。

焱說得很簡單，端木玖只好自己思考。

焱變虛弱，她卻活了——所以她能帶著記憶轉生，是焱耗費力量換來的嗎？那……

突然，一團毛絨絨撞進她懷裡。

她下意識就伸手抱住。

「小狐狸？」

一低頭，就看見小狐狸如紅琉璃般的眼瞳直直瞪著自己。

……呃，剛才忘記牠的存在了。

小狐狸這是生氣了，在抗議嗎？

「……」小狐狸就是不出聲，只是一直瞪著她。

端木玖忍不住也好想「……」。

這是要靠眼神交流嗎？

恕她實在還沒有練成這等功力啊……

但是小狐狸就是一直盯著她，不對，是瞪著她！什麼表示也沒有、什麼聲音也沒有，端木玖只好又自己猜。

「呃……你肚子餓了？」

小狐狸：「……」

總感覺，她被瞪得更用力了。

「不是肚子餓的話，那……累了？想睡覺了？」

小狐狸前爪抬起，拍了一下她胸口——軟軟的。

端木玖：「……」

總覺得，她好像很微妙地被吃豆腐了。

「啾。」焱就自動從端木玖的手上「飄」下來，好奇地看著小狐狸。

「……」小狐狸淡淡撇開眼。

啾什麼，本狐聽不懂鳥語。

焱直接看向端木玖。

「啾？」

牠好像在鄙視我耶！

端木玖看看焱、再看看小狐狸，決定把這兩隻都放到地上。

「你們自己認識順便玩一下。」

小狐狸瞪她。不爽。

焱也看她，順便「啾」了一聲。抗議。

牠（它）才不要和這隻不知道哪裡來的笨鳥（這坨紅團子）玩一下！

「……」端木玖無語。

這兩隻到底是哪裡看對方不順眼？

鑑於這個問題太深奧（一把火和一隻小狐狸的心都很難懂的），端木玖只好對他們笑一笑，然後趕快走開，看向四周。

這才注意到，這裡……不是地底。

端木玖第一眼就確認這一點。

四周雖然光亮，卻沒有太陽、也沒有月亮，氣溫不熱也不冷，天空不藍，彷彿籠罩著一片雲霧，擴向周圍。

以她所能看見的範圍，大約兩千公尺平方，全是一片平地。

踩在地面上，那不是石地、也不是泥地，而是一整片深色的泥土。

前、後、左三方，視線的盡頭，是和天空一樣看不清的雲霧。

只有右側隱約看出有一座——山?!

但這座山、這樣的山景，她太熟悉了！

綠地盎然、處處生機，空氣中彷彿還聞得見花草的香氣。

「這是……」

端木玖才抬步要走過去，一火一狐就同時撲向她懷裡、肩上。

「啾！」玖玖去哪裡我要跟！

小狐狸直接霸在她身上，以行動表示意見。牠要跟！

「那你們不能吵架。」端木玖只好提出條件。

「啾。」焱不吵。

小狐狸直接半閉上眼，就縮在她懷裡。

端木玖滿意，這才帶著他們向前走。

走到山壁前，端木玖左手抱著小狐狸，伸出右手，貼上記憶中的位置。

山壁驀然震動了一下，看似無縫的完整山壁，卻滑出一道石門，開啟了山壁裡的通道。

這通道，她也太熟悉了。

前一世，她走過無數次！

深吸一口氣，壓抑一下激動的心情，端木玖往通道裡走。

一步、一步。

不一會兒，她走進山谷通道深處。

寬闊的岩洞、熟悉的景象，立刻映入眼簾。

岩洞內壁的牆面上，立著許許多多的石牌。

那些高掛的石牌上，刻著一個又一個的名字。

那些，都是她先祖的名諱，一代又一代，清清楚楚記著。

這一切，都和她前世最後所看見的一樣。

唯一不同的，是內壁牆前的供桌上，沒有了那顆一直掛著的黑色中空石墜。

這裡，是她族傳的秘地。

但是，她怎麼會回到秘地了?!

端木玖下意識摸向領下的位置——空的！

她一愣，立刻轉向焱。

「焱，巫石……」

「啾？」

焱偏著頭看她，一團火充分表達出疑惑的表情。

端木玖一愣。

焱，巫石，消失……不在地底……

端木玖突然有了一個猜想。

「焱，莫非我們現在……就在巫石裡？」

「啾！」對！

「……」黑線。

即使是這麼一副「她答對了有獎品」的歡樂語氣，聽起來一樣讓她的心情好不起來。

端木玖把焱又抓在手上。

「焱，巫石是空間？你早就知道？」

「啾。」

空間是什麼它不懂，不過它以前還沒和玖玖在一起時，就睡在這裡。

「啾啾啾！」

焱還特別強調：在這裡睡很舒服喔！只是很無聊，只能一直睡睡睡！幸好後來有玖玖。

「……」這到底是在抱怨睡覺太無聊，還是在高興有她很有趣？

「啾？」玖玖不高興？

「沒有。」只是覺得有點心塞。

原來她家的「傳族之寶」有這種大秘密，她完全不知道。

先祖們會不會也太隨便了，竟然什麼都沒交代，害她現在都不知道到底是發生什麼事。

巫石一直跟著她，竟然從前世的地方，跟著她到這個異世。是不是巫石也有著特別的力量？

還有，既然保留著記憶，為什麼她之前又是個不言不語的傻子？

端木玖愈想，疑惑愈多。偏偏焱不靠譜，什麼都不知道，她只能半問半猜，完全沒把握。

真想抹一把心酸淚。

算了，誰叫她是九黎部族的一分子，再心塞也只能認了。

不過，先祖們的牌位都在這裡，也是好事吧。

「這樣，我也不算孤單了吧……」

想到這裡，端木玖放下小狐狸與焱，依著九黎禮儀跪拜先祖。

「雖然前世不存，但是『玖』，依然是九黎部族的一分子，以巫石為憑，不會忘記九黎傳承。」

語畢，再行三拜，掛著祖先牌位的山洞內壁卻突然發出一道光芒，射進她的腦海裡。

端木玖突然就昏了過去。

一火一狐頓時一驚，同時撲向她。

「啾！」

「……」小狐狸沒有發出任何聲音，腦海裡卻冒出一句——

阿玖！

◈

意識中，端木玖知道自己昏倒了。

祖先們沒事射什麼光啊？還把她弄昏了。

這是虐待後代！

還有，恍惚中她好像還聽見焱和——一句陌生的呼喚。那是誰？

阿玖。

這種稱呼哪是隨便讓人叫的。

無親無故的不要用那麼親密的稱呼叫她呀，沒禮貌！

才半吐槽地抱怨完，一道光芒出現在她的意識裡，她彷彿看見一連串金色的字芒——

……巫石以記，

以魂為繫，以火為封。

……

九黎傳承，九重九層，
由心至身，蓄意至魂。
以心為法，納氣入身，
以意為則，悟法入魂。
九……歸……
以魂……入樂御音，
……為念，控……魂；
以魂……
意念為依，空間為憑，
……時空……魂之……

金色的字芒明顯並不完整，卻自有意識，以一種蜿蜒的流向飄過端木玖的眼前，刻進端木玖的神識，而後金芒突然散開！
昏迷的端木玖突然就醒來！
「啾啾！」玖玖！
「……」一雙小狐狸的前腳，直接踩上她肩窩。
雖然力道不重，但很有存在感！
而且一隻翡紅的雙瞳直接盯到她眼前，和她黑眼瞪紅眼。
「……」雖然這雙紅眼不大，但是突然瞪過來也很嚇人的好嗎！

「小狐狸，你又生氣了。」結果她冒出來的竟然是這一句。

「……」小狐狸瞪她。更用力了。

端木玖想了想，伸手摸摸牠的頭。

「我沒事。」再轉向焱，同樣安撫地摸一摸，「不用擔心。」

小狐狸：「……」

「啾啾。」玖玖沒事就好。

「啾啾啾！」玖玖不要丟下我一個人又睡著！

「不會的。」端木玖摸了摸焱，抱著小狐狸坐起來。「焱，我說過，我們還要一起作伴，記得嗎？」

「啾！」記得。

「所以不要擔心，我會好好的。」

「啾。」焱這才放心，窩在端木玖肩上，不時蹭著她。

搞定一個。換另一個。

「你呢？生氣什麼？」

小狐狸抬起一腳，肉肉的腳掌「啪」地踩在她的手掌心，瞪她。有聲音，雖然不痛，不過充分表達出——牠的確在生氣。

「我沒做什麼事吧？」除了昏倒。

小狐狸繼續瞪著她。

「你不高興待在這裡嗎？」端木玖猜道。

……但她才說完，好像感覺小狐狸瞪她的眼神，又比剛才兇狠了一點。

「好吧，難道是因為我昏倒嗎？」

神奇地，端木玖感覺，小狐狸瞪她的眼神，好像少了一點兇狠，但多了一點不滿，頓時覺得很無語。

「昏倒不是我願意的。」她覺得自己被氣得很冤枉。

小狐狸不瞪她了，改瞪山壁上——那一整面石牌。

「……小狐狸，那是我的祖先耶……」汗。

好歹那是長輩、是前輩，這麼瞪，不太好吧？

小狐狸才不管，還瞇起眼。

一劍，夠不夠砍了這片山壁……

端木玖直覺好像有危機來了！

「我們，先出去吧。」

速速離開山洞，再按機關把石門移動回去。

小狐狸終於沒再兇狠瞪著那片她家先祖們的石牌了。謝天謝地。

不過，牠又窩在她的懷裡，一副快要睡著的模樣。

端木玖深深覺得，有寵物在身邊，雖然一點都不無聊，但是寵物鬧脾氣，也是很讓人冒汗的好嗎？

養寵物，果然大不易。

回到深色的泥地上，端木玖向前幾步後，就蹲下身，抓起一把泥土，判斷了一下。

「這應該也是泥土吧？」

燚直接做出偏著頭的表情，完全表現出：它不懂。

小狐狸則是瞄了一眼泥土，再看她一眼。又趴回去。

「……」端木玖再度心塞了。

是她的錯，不應該拿這種問題來問這兩隻。

還是有空再研究，現在先出去。

端木玖意念一動，一人一火一狐的身形，立刻回到地底之中，他們原來所站的位置。

狐狸牌燈泡，自動亮起來。

端木玖低頭一笑。

雖然小狐狸脾氣不好，可是很貼心——

同時，漫天的巨響，頓時充斥在耳邊。

「轟隆隆隆……！」

伴隨著的，還有漫天的哀泣聲——

「嗚嗚……嗚嗚……」

以及四周被摧殘破壞的響聲——

「轟……」

「碰！」

「啪……」

連綿不斷的回音再把巨大的響聲又回傳回來。

整個地底，頓時成了噪音集中地！

哭聲、轟隆聲不斷。

端木玖有點傻眼地看著眼前的景象。

他們是回到原來的地底中，沒錯。

原來的地底是在陷落中，沒錯。

無論是她還是地底的東西，一直在往下掉，沒錯。

但是東西掉落，還是可以看得見東西的。

甚至可以看見石頭、黑沙……之類的東西，往下掉。

可是現在，她舉目望去，能看見的，就是黑。還是黑。

小狐狸發出的亮光所能看見的範圍，那不是看不見東西的黑暗，而是——空無一物。

周圍完全淨空，只剩她在中央。

不用多想，端木玖已經知道這是怎麼回事了。

而且破壞還在持續。

就著小狐狸提供的光亮，雖然不能看得很清楚，但還是可以看見一個大塊頭的影子，在那裡揮來揮去，揮到哪裡，哪裡就「砰！」地往下掉。

尤其那個大塊頭所在的方向還一直發出「嗚嗚」的哭聲……

「啾？」

「嗚嗚！嗚嗚！」

焱只輕輕叫了一聲，這點聲音在滿是巨大聲響充斥，又回音不斷的地底根本可以完全被忽略，但是，哭聲卻突然一頓。

接著，「咚！」「咚！」「咚！」……一陣巨大腳步聲，飛撲而來。

整個地底因為這種飛撲而一震一震地——遠處好像又有石頭、黑沙什麼的掉下去了……

「嗚……」

大塊頭衝過來，堪堪停在端木玖身前，先是很委屈地嗚嗚叫了一聲，然後像是蹲下來、再蹲下來。

伸出一根比成人要粗的手指輕輕撈起焱，還配合一陣委屈的嗚嗚聲，彷彿被什麼無良的人拋棄了，聽起來非常可憐。

「啾？」

結果焱回的是，一臉不解。

它哭什麼？

「嗚嗚嗚嗚……」

結果大塊頭哭得更傷心了。

焱完全不知道發生了什麼事，但是——好吵。

「啾！」不要哭了！

「嗚……」大塊頭頓時收聲，滿身委屈。

「啾啾。」好好說。

「嗚嗚……嗚嗚……嗚嗚，啾啾，嗚嗚嗚。」

你們都不見了，找不到你們，我怕怕，不要丟下我一個。

這不是說說而已，大塊頭是真的怕怕，因為它一邊哭還一邊不時抖兩下。

端木玖在一旁聽得、看得滿頭黑線。

這麼大塊頭，這麼小的膽子，這樣對嗎?!

「啾。」我沒有丟下你啊。

「嗚嗚！」你不見了！

「啾。」我和玖玖在一起。

「嗚嗚。」那我也要跟玖玖在一起。

要不見沒關係，帶著它一起不見就好了。

端木玖：「……」

小狐狸：「……」

一人一狐不約而同，齊齊翻白眼；然後又看向對方。

他們兩個的反應竟然一模一樣，而且還在對方的眼裡看見同樣的無奈神情……

端木玖揉亂牠的頭。

小狐狸：「……」這、女、人……

「我養了焱、養了一隻小狐狸，難道現在還要多養一個大塊頭嗎？」端木玖嘀咕。

「……」牠什麼時候變成她養的了？

但是——好吧，現在的確是跟著她，吃她的、喝她的；算是她養的好了。
但是她一副那種好像牠是累贅的語氣，還是讓牠很不爽。
小狐狸於是又瞪了她一眼。
端木玖才覺得自己委屈無辜哩！又被瞪了一眼。
小狐狸的心真是太難懂了啊！簡直比三、四月的春天還要善變，莫名其妙就生氣。
莫非，所謂狐狸的脾氣就是這樣的傲嬌型？
「啾啾！」焱飛回來了，直接窩在端木玖肩上。「啾。」蹭蹭。
端木玖一笑，卻仔細看著焱。
在巫石裡，焱的樣子和以前一模一樣。
可是一出巫石，焱身上火焰的顏色又開始漸漸變小、變淡。
這不是錯覺。
「焱，你……」她才開口，焱就叫了一聲。
「啾。」玖玖，想睡覺。
端木玖突然想到以前父親曾經說過的一段話：

「焱，奪天地造化而成之火元素精靈，是我們一族的無上至寶。
它有足以毀天滅地的力量，卻不是無窮無盡的。
一旦力量耗損過多，它也會出現虛弱的症狀，甚至會退化……」

「啾啾！」不行，不能睡。

「啾啾。」睡著了就不能陪玖玖了，要陪玖玖。

「焱，沒關係的，你可以睡。」端木玖輕聲說道，一邊暗暗思考。

焱變得虛弱，是力量耗損過多，那是因為來到這個大陸，還是因為這裡與過去環境不同才造成的？

或是還有別的原因？

「啾啾。」要陪玖玖。

不睡。

焱努力撐著，身上的火光忽大忽小，一閃一閃的。

「焱，你乖，我們不會再分開的，你先睡，不要撐著。」端木玖伸出手，將蓄在丹田裡的力量覆在手上，一下一下，安撫著焱。

「啾啾……」玖玖……

焱被安撫得睡著了，在端木玖的手掌上縮成一團淡淡的光芒，再沒有成形的樣子。

這時候，大塊頭才伸出手。

「嗚……」小小聲叫了一聲。

啾啾喜歡在我身上睡覺，在這裡。

大塊頭指了指自己的頭頂。

「焱在這裡，一直在睡覺嗎？」她問。

「嗚。」嗯。在頭上。

「你一直在這裡？」

「嗚嗚。」嗯，這裡是我管的。

所以它動一動，地底就塌落，外面就地震。

端木玖突然想到，「這裡沒有火漿？」

「嗚？」火漿是什麼？

「一種像火一樣熱、像水一樣會流動的東西。」

它想了想，才回了聲——

「嗚嗚。」在上面。

呃！端木玖現在才明白。

地面掉很深很深，是岩漿；岩漿底下再掉很深很深，就大概是這裡。

原來她已經掉到比岩漿還要深的地方，難怪這裡一點都不熱——等等，這麼深還能爬出去嗎？

汗。

希望浮空術會有用。現在先解決這個大塊頭的問題。

「你有名字嗎？」

「嗚，嗚。嗚嗚。」磊，啾啾取的。啾啾也會叫我「石石」。

端木玖默默汗一滴。

啾啾，嗚嗚。這兩隻的稱呼法——真是簡潔直接有力！等等，磊？

「……你是石頭?!」

「嗚！」

這回答的聲音怎麼聽都覺得很是驕傲。

端木玖覺得自己的三觀還需要再修正一下。

這個世界，不只動物會變很厲害的魔獸，岩漿裡會出現岩火獸，連石頭都可以長智慧、和人溝通啊！

而且這個石頭的武力值還很高，跟焱是好朋友，它的頭還可以隨時變成焱睡的床鋪……

很好，她歸納完畢，淡定了。

「那我也叫你石石。我要帶焱走，你呢？」

「嗚嗚！」不行！石石要和啾啾在一起！

「那你要一起走嗎？」

「嗚……嗚！」啾啾去哪裡……石石一起！

「可是你太大隻了。」端木玖有點猶豫地看著它。

現在是磊蹲著又蹲著又蹲著，所以還能勉強看見它的頭，要是它站起來，她跟它的比例，就像一個人類和蚊子——呸呸呸呸，這純粹是大小的比喻，她才不是蚊子！

磊這麼大隻，巫石的空間放得下嗎？

「……」磊好像想了一下，然後突然開始……掉下去?!

就像那些石頭、黑沙與許多不知名的東西一樣，往下墜落。

而且，磊不是最上面的頭開始掉，而是從底下蹲著的部位開始掉。

原來結實的大塊頭，分裂成一塊塊的石頭，一塊一塊像流沙一樣「咻咻」往下掉，再發出悶悶的「砰砰」聲。

不一會兒，掉下去的石頭很快疊成一座石頭山。

端木玖才驚訝了一下，磊已經掉完了，只剩一個大約籃球大小的黑色人形，站在石頭山的最上方。

一樣有頭、有身、有短短的四肢，看起來像個小嬰兒。

「嗚嗚？」這樣可以嗎？

「……可以。」端木玖完全沒表情了。

所以她一直以為的大塊頭其實是騙人的，她被呼攏了。

而且，還是被一顆石頭給呼攏了……簡直無顏回見先祖們，她想摀臉！

「嗚嗚。」這個也要帶喔。

指那座石頭山。

「要帶這個?!」端木玖乾瞪著那座石頭山。

那變小不是一點意義都沒有了嗎？

「嗚嗚。嗚嗚嗚。」這是身體啊，我可以變大打壞人，保護啾啾。

端木玖想了想，靠近石頭山一點，仔細看著石頭，還伸手摸了摸。

這是……不是單純的石頭，是一種結晶石礦，用手觸摸，還可以感覺到暖暖的溫度。

雖然也可以說它是石頭，但卻比石頭有用，又堅硬許多，如果以這種礦來打造武器……

小狐狸只瞄了一眼，就對著她，點點頭。

端木玖：「……」

為什麼，很微妙的，有一種被恩准了可以把石頭山帶走的感覺？

……一定是錯覺！

「嗚！」要帶走喔！

結果這邊又來一句叮嚀，端木玖噗哧一笑。

「好。」她帶。

不過，巫石……

端木玖沉了沉心神，探查了下自己的身體，想找出巫石的位置，卻發現到處都找不到，反而在她的意識裡，多出了一個空間。

她只要心念一轉，就能看到整個空間。

這個空間，就是巫石空間。

那表示巫石和她的意識合而為一了嗎？

端木玖看著石頭山，心念一動。

整座石頭山瞬間消失！

而在巫石空間裡一側，靠著無盡煙霧的一隅，多出了一座石頭山，而且一半還藏在煙霧裡。

原本站在石頭山上方的磊及時抱住端木玖的手臂，才沒有因為石頭山的消失而掉下去。

只不過，它滿臉迷糊。

它的「身體」不見了耶，收去哪裡了？

它好奇地一直看著端木玖，從頭看到腳又從腳看到頭。

端木玖再一轉念，手掌上的焱也突然消失，然後出現在巫石空間裡那座石頭山上。

一進巫石空間，焱就醒了過來。

「啾？」玖玖？

「焱。」她以意識出聲。

焱聽見了。

「啾啾，嗚？」玖玖，妳把嗚嗚也放進來了呀？

「它說要跟你一起走。」

「啾啾。啾啾。」嗯嗯，它是我的床。很好睡，帶走。

噗。端木玖忍住想笑的衝動。

磊，是焱的床。

所以磊基本上是被焱管的吧！

「啾？」嗚嗚呢？

「它還在外面，等離開這裡，再送它進去陪你。你好好休息。」才可以早點恢復。

「啾。」好。

焱這才乖乖睡了。

端木玖一回神，磊就在她面前跳跳跳。

「嗚嗚？」啾啾呢？

「我送焱去睡覺，等一下再讓你去陪它。你先告訴我，這裡有路可以出去嗎？」端木玖問道。

「嗚嗚。嗚嗚。」有。等一下要讓我去看啾啾喔。

「好。」總覺得，磊很黏焱……

「嗚嗚。」往這裡。

磊突然往前飛了一大步，端木玖抱著小狐狸，立刻跟上。

磊一路往下，卻又是前進的方向，遇到石壁，磊就往前撞一下。

「砰！」一聲。

石壁塌了，就有路了。繼續走。

「……這等開路的方式，真是……很有效率。」磊不愧是石頭中成精的石礦，不管撞到什麼都不會壞，只會讓被撞的東西碎裂光光！

等等，所以磊說的「有」，是硬打出一條通道出去？

「……」端木玖有點暈。

暈完後，秉持走過路過不能虛晃的原則，磊在前面撞，端木玖跟在後面不時把掉下來的東西收進巫石空間裡。

光是這一點，她對巫石空間就很滿意。

完全是撿漏的最大利器啊！

不過，磊一直撞，四周就轟隆隆地一直不斷搖晃，不知道地面上，會不會一直地震個不停……

第十三章　天魂師對決

岩火山方圓千里，岩漿遍地。

赤紅色的火流，除了往低處綿延，更因為地動而呈現不規則形往外擴散。

「轟隆隆隆。」

靜。

「轟隆隆隆。」

靜。

「隆隆隆隆……」

夜空下，一道暗紫色的修長身影靜靜站在石岩上，看著遠處已經不再噴發的岩火山。

即使地面仍然不斷發出搖晃的震動，也沒能讓他變色分毫。

從這裡到岩火山，是一片被岩漿澆灼過的土地，寸草不生。

原先在樹林裡，還感覺得到溫度的下降，但是在這裡，熾熱的溫度，依然可以讓人汗流浹背。

撲面而來，都是陣陣炎風。

即使岩漿不再流竄，但是地面的高溫依然不退，隱藏在岩漿下，還有許多岩火獸，隱隱竄動。

在這種情形下，即使有魂力護體，但是要支持過這近千里的赤地高溫，也有很大的危險。

更別說岩流中還藏著岩火獸。

最後，就算能抵達岩火山，那裡的溫度，只會比這一片土地更高，若是抵擋不住高溫，無論要做什麼都只是空想。

小玖……

「阿北。」仲奎一從帳篷裡走出來，無視不時搖晃的地面，走向前直接躍上同一塊岩石。

「嗯。」北御前只點了下頭，表示回應。

「我知道你擔心你家的小姑娘，但是你一直這樣站著不休息，也找不到她呀。」都站在這裡看了兩天兩夜了，阿北還是一動都不動，一直看著岩火山，實在是——太有毅力了。

他是陪著阿北才一直待著，而跟在他們後面的蒙亦奇和燕東飛，則是在觀察了岩火山一天一夜，確定它不再噴發後，就先回西岩城了。

身為傭兵團的分團長，對他們來說，當然有比觀察火山更重要的事。

雖然蒙亦奇也很感激端木玖救了他的團員，但他也不能一直留在這裡，只能留下一些抗熱的物品給北御前，聊表心意。

最後陪著北御前一直守在這裡的，只有仲奎一。

不過這一天來，卻有不少零散傭兵回到這裡。

他們的目標，自然是赤地和岩火山的石礦，只是因為修為太低，如果沒有抗熱的帳篷根本無法長時間留在這裡，所以他們只是觀察情況，然後在樹林與赤地之間來來回回。

只有他們兩人，一直待在這裡。

對於這些零散傭兵，北御前並不在意，只是聽見好友的叨唸，才回過頭，淡淡看了他一眼，又轉回去，繼續盯著遠處的岩火山。

看這個情況，岩漿一天不退，阿北就要一直站在這裡。

仲奎一實在敗給自家好友的固執了。

「阿北，你應該知道，掉進岩漿裡的人……」

「我知道。」北御前打斷他的話。

「那你也應該有心理準備，接受不好的結果吧？」雖然實話很讓人心酸，但是仲奎一還是說了。

北御前沉默了一下。

「我明白。」

「那你……」

「一天沒有找到小玖，我就留在這裡一天。」

一天沒有小玖確切……不在的消息，他就相信，小玖依然還活著。

小玖是……「他們」的女兒，不會那麼容易就……消失的。

仲奎一無語了。

同樣的情況，如果換成別個人，恐怕不管赤地和岩火山有多危險，早就衝了進去。

結果有沒有救到人不說，恐怕連自己都有生命危險。

可是阿北到現在都沒有直接衝進去，還保持理智地判斷情況，由此可知，阿北一直很冷靜。

只是保持冷靜，並不代表他就不擔心、不著急。

否則也不會一直站在這裡看了。

雖然他也很希望阿北家的小姑娘沒事，但是陷進岩流裡，能平安無事的可能性幾乎等於沒有……

只是這句話，對著阿北那麼執著的表情，他也實在是沒辦法明白說出來。

私心裡，他也很希望那個古靈精怪的小姑娘沒事，忍不住就嘀咕一句——

「現在我倒希望，那隻火狐狸不是普通的火狐狸了……」

只要能比一般的火狐狸再厲害一點，也許，就能在岩流中保護住阿北家的小姑娘。

「火狐狸？」

「對呀。就是我跟你說過的，那隻一見面就自動黏到小姑娘身上的紅色小狐狸。」

關於端木玖不再傻了的事，在從樹林奔到這裡的一路上，仲奎一就大略對北御前說了。

只不過，他也不知道為什麼一個傻了十五年、不言不語的人，會突然恢復正常。

而且，還變得那麼聰明、那麼厲害。

「奎一，仔細說說小玖的事吧。」和仲奎一的驚嘆不一樣，北御前只覺得愧疚和不捨。

他沒能照顧好小玖，讓她被端木家的人找麻煩，端木陽——實在欠教訓！

等著，這口氣他一定為小玖出。

「好吧，我從頭說好了，會遇到你家的小姑娘，是因為你家的小姑娘，帶著很多金幣出現在我的店裡……」

這次仲奎一說得特別仔細，北御前的神情，也總算不那麼凝重，注意力也不再一直放在岩火山上。

聽到端木玖被端木陽父子三人當面貶低，又被逼得接受端木晴的挑戰時，北御前渾身的氣息都變了，殺氣簡直不要錢地往外放！

仲奎一只能先安撫——

「阿北，你冷靜冷靜，你家的小姑娘不但沒吃虧，還把端木晴給教訓了一頓，又宰了那隻很吵的閃鳴雀……」

怒火不要飆得那麼快呀！

放殺氣也不要對著他呀！

他只是無辜的觀眾群。

北御前很快冷靜下來，聽著仲奎一繼續說完。

「……你家的小姑娘才救完人，岩火山卻正好爆發，她……根本來不及逃，加上岩火獸又動了起來，她很快就被岩漿吞沒……」

雖然他沒有親眼看見，但是雷火傭兵團的傭兵不會說謊，小姑娘確實也沒有跑出來……

想到這裡，仲奎一難得嚴正了表情。

「阿北，我要對你說一句抱歉，那個時候，我沒有照顧好你家的小姑娘，是我的疏忽。」

「不怪你，跟你無關。」北御前說道。

即使很擔心小玖的安危，但除了在剛醒來時，乍一聽見小玖被岩漿吞沒時，北御前變過臉色以外，那之後到現在，他始終很冷靜。

「雖然你說與我無關，但是我覺得，我還是太大意了。」仲奎一自嘲地笑了笑。

「大意的不只是你，我也是。」

雖然看起來，北御前只注意著岩火山，但他同時也在腦子裡，將之前的事仔細回想了一遍。

仲奎一也不笨，他立刻想到了阿北受困的事。

「阿北，你擋獸潮，怎麼會擋到岩火獸堆裡去了？」

阿北可不是任務新手，對岩火山也有一定的了解，怎麼還會讓自己被陷害進那種危險裡?!

「這件事，等回西岩城，我會要疾風傭兵團給我一個交代。」北御前心中冷冷一哼。

也許，要交代的還有一個衛家。

對於被困之前發生的事，北御前一樣一樣都記得很清楚。

有人想要他的命，那他也不介意讓對方沒命！

「我陪你。」仲奎一立刻說道。

「奎一，你不必牽扯進來。」

傭兵團與傭兵團之間的矛盾、利益衝突，這之中也有可能牽扯到其他勢力，不是簡單的一句「暗算」而已。

仲奎一本身地位超然，沒有人敢輕易得罪，不必為了他讓自己的立場偏移，惹上麻煩。

「阿北，你是我最好的朋友，你的事，我當然要挺到底！你不能拒絕，不然就是不把我當朋友。」仲奎一很堅持。

雖然阿北不想他捲進麻煩，但是如果這件事真的很麻煩，那阿北勢單力孤，絕對會吃虧。

這種時候如果身為好友的他不能相挺，那還算是什麼好朋友?!

「奎一，謝了。」北御前考慮了一下，也就笑了。

「不用謝。」仲奎一這才也笑了。「不過，你家的小姑娘，真是讓我大開眼界。」

「小玖……怎麼會突然好了呢？」雖然聽到他一手帶大、細心照顧的小女娃恢復正常了很開心，但實在太突然了。

北御前只擔心她是受了什麼欺負或刺激才變得正常。

如果真是有人趁他不在的時候跑去對付小玖，那他不介意多揍幾個人，或把某些人多揍幾次。

「這個嘛……我也不是很清楚，不過，聽說端木陽那對兒女，好像找過你家小姑娘的麻煩。」

端木玖沒有仔細說，仲奎一也是碰巧聽到的，但應該八九不離十。

「很好。」北御前表情淡淡，但眼神沉了沉。

果然是有人急著找死。

「你家的小姑娘也是個不吃虧的，連端木陽都被她氣到當場變臉，只差沒敢在眾目睽睽之下以大欺小而已。」想到端木陽一臉憋悶，卻什麼都不能做的表情，仲奎一表示很歡樂。

北御前想像一下仲奎一描述的場面，眼神漸漸柔和了。

雖然沒有辦法把奎一口中古靈精怪的小姑娘和他印象中乖巧聽話的小女孩對上號，但是她表現得好，他卻是開心的。

「奎一，我準備明天就進赤地。」北御前說道。

「阿北。」他不贊成。

仲奎一臉色一肅。

「奎一，你沒有發現嗎？赤地的岩漿，其實少了很多。」

有這回事？

仲奎一懷疑地看向那片寸草不生、一片紅通通的土地。

沒有月光的照亮，他只看見一片烏漆抹黑的土地，還有迎面不斷吹來的炎熱的風。

「真的？」

「真的。而且，這次如果你想找一些火山石礦，應該可以找到不少。」北御前打趣道。

火山石礦是上好的煉材，並且因為受熱的程度與年份不同，珍稀程度也差異很大。愈近火山口，就愈有可能發現珍貴的礦石。

以往，是一堆冒險者、傭兵、世家的人搶著挖找石礦，能挖到、搶到多少都看個人的本事。

這一次因為傭兵人員受困、又死傷了許多人，再加上岩火山的突然噴發，倒是把其他人都嚇得跑光光，只剩一些想撿便宜的零散傭兵。

奎一這次有機會賺到了。

只不過想到這個賺到之中，還包括了小玖的生死不明，北御前臉上那好不容易出現的笑意，就又消失不見。

「好吧，看在那些火山石礦的分上，我就跟你一起進赤地吧。」仲奎一故作勉強地說道：「既然決定了明天的事，那今晚，你就回帳篷裡好好歇一歇，養足精神吧！」

不要再站在石頭上當「望玖石」了啊！

咦，阿北看著岩火山擔心小姑娘是「望玖石」，那他站在後面擔心阿北不就成了「望北石」了……呀喂喂喂！

亂想什麼，他才不是石頭！

乾脆捨命陪君子。

「我不累。」北御前卻搖搖頭。

只有站在這裡看著，他才能安心。

才不會讓太多擔心和憤怒，控制住他的情緒。

「好吧好吧，隨你了。」仲奎一把剛才的亂想丟到一邊，大概也能體會他的心情，

要站是吧，他也一起好了。

作為好朋友，他總不能把這樣的阿北留下，自己跑去睡大覺吧！

「奎一，謝了。」

「不用謝，說謝就不是好朋友了。」再說他要翻臉了喔！

「還是要謝。」

「……」阿北可以不要這麼死腦筋嗎？

北御前看了他一眼，微抿的唇角微微上揚了一點點，又轉回去。

不要以為只有一下下他就沒看到那抹笑！

這是拿他開玩笑吧？

仲奎一有點不滿，又有點安心。

被笑了當然很不滿啊！可還能看他笑話表示阿北的心情很穩定。

小姑娘生死不明，他最擔心的就是阿北失去理智，關心則亂啊！

現在總算可以放心——才想到這裡，一陣「隆隆隆……」的聲音由遠而近，愈來愈大聲。

緊接著，是一陣響動的聲響！

「奎一，退！」北御前臉色一變，不只自己退，還拉著好友一起退。

兩人才躍上上空往後退的同時，地動已經從輕微的搖動變成劇烈搖晃，原本已經漸漸平靜的岩漿，再度沸動起來。

岩漿的沸動，同時也帶動沉伏在岩漿裡的岩火獸，一隻一隻從岩漿裡冒出來。

北御前拉著仲奎一直接退到赤地與樹林邊緣，在地動中各自站穩。

「阿北，這不會是又要爆發了吧？」仲奎一瞇起眼，看著遠處的岩火山。

北御前同樣看著岩火山，岩火山並沒有要火山爆發的前兆。

「不像。」視線移到近處。

北御前發現，岩火獸的樣子不太對勁。

一般來說，岩火獸在岩漿裡特別活躍，攻擊力也特別強，但現在岩火獸的模樣，比較像是……驚慌失措?!

北御前立刻警覺。

「奎一，不太對勁，小心一點。」

「好。」仲奎一也發現了，把一半精神盯著岩火獸，一半留意後方。

兩人背後的樹林裡，有不少動靜，應該是那些零散傭兵。

這種時候，正常的人都不會互相攻擊，但世界上總有一些神經病不得不防，仲奎一不敢掉以輕心。

「隆隆隆隆……」

地動搖晃的聲音不斷，很快將一些潛藏的魔獸逼出來，樹林裡很快傳出魔獸與傭兵們的打鬥聲。

仲奎一回頭看了一眼。

「阿北，向前，還是向後？」

地動不斷，魔獸見到人就攻擊，血腥味會讓樹林裡的情況愈來愈混亂。

「往前，你能撐多久？」

「你想進去？」仲奎一立刻意會他的意思。

「嗯。」他們可以後退，但樹林不如赤地安全。

「我一個人，到天亮沒問題。」仲奎一好歹是個煉器師，身上當然也有「火」，對岩漿的抵抗力當然也比一般人強。

只是能抵擋，不代表就真能自由出入火山、能救人；赤地是一大片，他的魂力卻不可能無限制使用。

「那就走！」話聲一落，北御前朝赤地一躍，半空之中，黑色的長槍憑空入手，勁力往前一掃！

就見一道白色的光芒，硬生生在一片岩漿中劃出一道空隙，將岩漿分開兩邊，露出暗紅色的地面。

「喝！」

北御前在空中身形一轉，輕喝一聲，黑色長槍氣勁貫入地面，被白色光芒劃出的地面頓時劇烈震動，並且由下往上突起，形成一塊一丈高的土突。

北御前抽出長槍，翻身站在土突上，仲奎一跟著落到他身邊。

周圍的岩漿回流，岩火獸在四周游動，卻爬不上土突。

「阿北，幹得好！」暫時安全了。仲奎一露出笑容。

這裡距離樹林數十丈，中間又有岩漿隔著，足夠讓他們避開那些被地動嚇出來的兇猛魔獸和敵我難分的傭兵們了。

「你在這裡待著，我往前看看。」原本想等天亮的，但現在既然進了赤地，不如提前找人。

「阿北，你……」仲奎一話還沒說完，北御前已經再度躍向前，憑著手中的長槍，在快掉落時槍勁一掃，支持自己再跳躍向前，轉眼又前進數十丈。

仲奎一在後面看得很無語。

阿北的速度太快，就算他想跟也跟不上，只能暗自嘀咕：「是有這麼急嗎……」但想到阿北家的小姑娘……

好吧，是應該很急。

如果沒進赤地，阿北還可以忍耐，但都進來了，怎麼能不去小姑娘失蹤的地方找一找？

只是這地方，也不太好找吧……

原先北御前和傭兵團成員遇危的地方，是一片小山谷。

但是經歷過火山爆發和不斷的地動，那處小山谷早就已經平掉了；而且不只是這裡，整片赤地的地形，都因為岩漿的流竄而大變樣。

這在赤地的範圍內，是很正常的改變。

除去火山爆發、平時的地動、岩火獸的流竄，都會改變赤地內的地形。只除了赤地範圍不變。

不過地形變了，找位置難不倒北御前。

只見幾個呼息過後，北御前在距離仲奎一、兩百餘丈的地方，以同樣的方式震起一塊土突，然後站在土突上，開始攻擊岩火獸。

仲奎一看得更無語了。

阿北呀，就算暫時沒找到什麼線索也不必拿岩火獸出氣──咦，不對。

岩火獸一死，就變成岩石，立在岩漿中，積少成多，慢慢就能減少岩漿的流處，多出能踏地的地方。

阿北是在用岩火獸的「屍體」，變成能踩的土地，漸漸擴大範圍後，沒了岩漿的阻隔，阿北就可以找人、找線索了。

想通後的仲奎一，頓時覺得自己的智商被比下去了。

「但是，岩火獸死後變成的岩火石，是人人作夢都想搶的煉材呀！阿北你就這麼直接把它拿來當踏腳石，不怕被煉器師們集體追殺嗎？」

不說別人，仲奎一看了都很想大叫「腳下留石」啊！

雖然岩火石踩不壞，但那是煉器師眼中多多益善、愈多愈好的煉材，就這麼踩了簡直是讓人想捶胸頓足爆打人！

突然，地動緩了下來，連「隆隆」聲都細小得幾乎聽不見。

「這地震，到底怎麼回事？」仲奎一忍不住抱怨。

震個不停就罷了，還「隆隆隆」地響到他都快耳鳴了，現在更是聽不見——不對，不是聽不見，是安靜了?!

四周一片靜寂，連岩火獸都好像不那麼激動了。

仲奎一看向北御前，北御前卻看向他的身後，神情一冷。

仲奎一立刻轉頭。

「端木陽?!」

站在赤地邊緣，端木陽身下魂師印一閃，顯現出三星四角的光芒，代表著四星天魂師的魂階，同時契約獸現身。

一頭足五人高的巨鳥就立在端木陽身旁，而且牠有兩個頭。

「雙頭鳩鷹。」仲奎一一眼就認出那隻魔獸的品種。

端木陽跳到鳩鷹背上，身上魂力一注，鳩鷹立刻向前疾飛。

「嘯嗚嘯嗚！」

雙頭鳩鷹，發出雙重叫聲，一下子越過仲奎一，再衝過北御前周圍時，端木陽卻朝岩漿擲出兩只玉瓶。

玉瓶還沒落地，北御前已經認出來了。

「寒陰水！」

仲奎一聽見，臉色一變，北御前已經躍向空中，手中長槍朝著疾飛而過的端木陽劃出一道槍影。

「魂技——震裂！」

白色的槍芒像是震動了空氣，產生出一道無形的力道，「啪」地直接追擊向端木陽。

空氣無形無影，仲奎一只看得出攻擊，卻看不出攻擊的痕跡。

而端木陽，只覺得身後有一陣危險逼近，尖銳得讓他幾乎要冒出冷汗，他連回頭都來不及，只能半空中喊出一聲——

「鎧化！」

雙頭鳩鷹立刻化為一道光芒，包裹住端木陽同時，長槍的攻擊也打中端木陽，在端木陽身上擊出一道刺眼的光輝。

「呃！」

端木陽痛哼一聲，人被打退了數十丈，雖然噴出一口血，卻不算受多大的傷。

雙頭鳩鷹在他身上化成一件褐色的飛行戰鎧，讓端木陽能站立在半空中，並且在雙臂上突出兩道尖刺。

同一時間，玉瓶落進岩漿裡，裡頭的寒陰水流了出來，四周的岩火獸頓時狂躁，朝著土突猛烈撞擊。

尤其是仲奎一腳下那塊，幾乎立刻就被岩火獸熔掉了一半。

「奎一，退回去！」北御前立刻道。

仲奎一身下魂師印卻驟然一閃。

除了三顆星閃動，還有六角亮光，顯示魂階為六星天魂師。

仲奎一周身同時被一道青色的火焰包圍。

岩火獸一發覺到這道青焰，立刻就縮退了。

「不用擔心我，不要放過那個小人！」仲奎一也不退，充分發揮自己打不到、也要看著別人打到他的報仇心態。

他就要待在這裡，等著端木陽那個老小子滾下來！

而端木陽好不容易穩住身形，擦掉嘴角的血跡，直接以魂力馭使魔獸的絕招反擊。

「天魂技——鷹眼魔光！」

兩道尖銳的光芒順著端木陽雙臂上的尖刺射出，直接射向北御前。

北御前冷哼一聲，手中長槍一揮，直接打掉那兩道光芒，落進撲騰的岩漿裡，發出「砰」、「砰」兩聲。

「雕蟲小技！」

完全不夠看。

「嗯？」端木陽皺眉，但心裡很震驚。

一次天魂技，消耗的是天魂師身上一半魂力。

天魂技的威力，打在人身上絕對足夠把一個人轟成渣渣，但是北御前就只是揮了揮槍，就把他的天魂技給打掉了?!

難道……端木陽臉色一變！

「那把槍……你的契約獸，不是聖獸?!」

雙頭鳩鷹，是聖獸等級的魔獸。

能這麼容易將聖獸的魂技打掉的，除非是比聖獸更高等級的魂技。

而那把長槍是魔獸鎧化而成的兵器。

由此推斷，那頭魔獸一定比聖獸的等級更高。

莫非是……端木陽光是想著，眼睛就為之一瞪！

「不告訴你。」北御前輕描淡寫一句。

「噗！」

仲奎一當場噴笑出來，又立刻忍住。

這句話好耳熟。

他現在相信，阿北家的小姑娘，真的是阿北養出來的。

端木陽卻是聽得臉色一黑。

「既然你拿得出寒陰水，那麼衛沖林，就是受你的指使來暗算我的吧？」雖然是問話，但北御前已經肯定了。

「是又如何？」他都丟寒陰水，又偷襲了，再否認也沒有意義，所以端木陽很乾脆承認了。

「原因？」

端木陽笑了一下，覺得北御前實在很天真。

「西岩城端木家，不需要兩個天魂師，更不需要一個浪費家族資源的傻子。」尤其，還是一個魂階比他高的天魂師。

仲奎一一聽，瞠目結舌。

搞了半天，要害阿北，是因為嫉妒啊！

沒了阿北，阿北家的小姑娘根本不算什麼——前提是，小姑娘沒有恢復正常的話。

北御前聽了，只是愣了下，卻不算太意外。

嫉妒什麼的，真是殺一個人最好的原因了。

「果然，一味退讓、息事寧人、避人鋒芒，不但不能解決問題，反而會給自己帶來更大的麻煩。」

那個人……說過的這句話，真是說得再對不過！

那麼，就不退了吧！

北御前手中長槍一震，眼神淡淡地看著端木陽，平淡的語氣，只說了一句事實——

「你，殺不了我。」連當他的對手都不配。

就是這種眼神，好像從來沒把他放在眼裡的眼神，才讓端木陽更加不爽！

不過是一個小小的護衛，保護的還是一個天生的傻子廢物，有什麼資格看不起他這個堂堂端木家族的管事長老？

「就算你的魔獸等級比我高，今天你也休想活著離開這裡。」端木陽拿出最後一瓶寒陰水，直接灑到北御前的面前。

「噗噗……！」

底下岩火獸再度狂躁，四周的岩火獸全數朝這裡集中，帶動岩漿，很快壓向北御前腳下。

北御前不得不退回土突上。

狂暴的岩火獸直接爬上土突，逼近北御前。

「鷹眼魔光。」趁北御前的注意力全放在岩火獸上，端木陽趁機繞到另一個方向偷襲。

誰知道北御前卻突然縱身空翻。

「魂技——震裂！」

從長槍迸出的魂技，卻不是反擊向端木陽，而是擊向地面的岩漿，猶如一道壓力壓下，引起岩漿陣陣波動。

「噗……」

被壓拍的岩漿，突然急速反彈，一波波如浪濤的波動，如沖天巨浪，連同岩火獸瞬間向四周擴散。

而北御前手中力道一轉，藉長槍甩出的反作用力，整個人朝端木陽所在的位置躍去。

端木陽直覺就要閃避——

「還想逃？」北御前冷哼一聲，手上長槍直接甩出去，擊中端木陽背後的飛行鎧。

「呃！」

「嘯嗚！」

被長槍一擊，雙頭鳩鷹的鎧化頓時維持不住，化為一道火芒離開端木陽，現出魔獸本體，哀哀鳴叫。

而沒了鎧化，在這片赤地上也等同沒有在空中飛行的能力，端木陽整個人直接往下掉。

「呃——啊……」端木陽為時已晚地意識到這一點，只來得及大叫一聲，就整個人掉進岩漿裡，迅速被岩火獸們包圍住。

「嘯嗚！嘯嗚！」眼見主人被困，雙頭鳩鷹急了，立刻往下飛。

偏偏在感覺到岩火獸的火焰時，又急急往上飛，整頭鷹就這樣上上下下竄飛著，叫個不停。

「嘯嗚！嘯嗚！」

雙頭鳩鷹很慌張，但是北御前卻很冷靜，一擊成功後，他立刻退回原來的土突上，雙眼仍然盯著端木陽掉落的位置。

仲奎一也沒有出聲打擾。

因為，雙頭鳩鷹還在。

魔獸與人類之間一旦訂下主僕契約，主人死，魔獸也必死。

但現在雙頭鳩鷹還在那裡又叫又跳，就表示端木陽沒有死，那他隨時都有可能會反擊。

「噗……噗……」

岩火獸撲騰著，岩漿裡沒有任何動靜。

原本靜寂了的地動，卻突然又動起來。

「轟隆轟隆……」

這次的聲響，比之前的都大，而且地面同時開始劇烈上下震動。

不是左右晃動，而是上下震動，彷彿有什麼在往下陷。

「阿北，快退！往樹林！」仲奎一察覺不對，立刻開口喊道。

北御前一聽，立刻向著樹林方向飛退，同時注意到，那隻雙頭鳩鷹，直接往岩漿裡栽入！

「轟隆隆……砰——！」

雙頭鳩鷹所栽下的位置，突然整個下陷，形成一個大窟窿，由窟窿裡彷彿產生強烈吸力，讓岩漿、岩火獸，全部不由自主往地底流！

而窟窿裡，又爆噴出一陣火光。

岩漿、岩火獸什麼的，還有剛剛掉進去的那些土石什麼的，又被一一噴射出來了。

其中，還夾雜著兩聲慘叫——

「啊！」

「嘯嗚！」

端木陽與雙頭鳩鷹，同樣被噴出來，噴到空中高高的，又直直地摔下來，掉進岩漿裡。

「咚、咚」兩聲之後，是一陣「嗤……」。

這活脫脫是什麼東西掉進熱漿裡又被燙熟的聲音。

仲奎一真是不忍直視。

聽起來很痛啊！

而地底窟窿裡，同時傳出一道驚訝的叫聲——

「那個是……你好像打到人了耶！」

第十四章 「初次」見面

寒陰水落入赤地，岩漿、岩火獸齊齊狂暴！

接著又是下陷成裂洞。

這種場面，讓那些在樹林與赤地邊緣觀望的人，完全打消了要趁機溜進赤地搶岩火石和挖寶的念頭。

尤其是下陷後的噴發，更讓人覺得，沒進赤地真是明智的決定。

站在離裂洞最近的北御前很快後退，站回到土突上。

仲奎一很快來到他身邊，兩人臉上都是一陣驚疑。

裂洞裡有人?!

還有交談聲，愈來愈清楚。

「嗚？」有嗎？

「有。」那是一個人形和一個體型很大的不知道什麼獸，她沒看錯。

「嗚！」

打到人？

沒關係。

總之，擋路的都要打出去。

於是磊繼續一馬當先繼續往上飛，凡是掉下來的東西，都被它以萬夫莫擋的氣勢，一樣一樣撞飛出去了。

這就有了在赤地之上的人看見岩漿、岩火獸、各種土石和人一個個像被什麼噴到空中的畫面。

對於磊這麼粗暴直接的做法，跟在後面的人已經很習慣了。

這一路從地底繞繞繞，一路黑黑暗暗，好不容易終於繞到「天亮」，磊要打飛什麼都可以，只要快快出去就行。

於是，在北御前和仲奎一，以及站在樹林裡的傭兵們的注視之下，一顆黑色的不知名物體突然從地底窟窿裡「咻」一聲飛出來。

接著，是一道紅色的身影同樣咻地從窟窿裡飛出來。

最先飛出來的黑石物體立刻回到紅色身影身前，一跳一跳地，好像在表達些什麼。

而紅色身影就伸出手。

黑色物體就順勢巴住她手臂，不放了。

紅色身影覺得自己頭上彷彿有一隻烏鴉飛過。

懷裡抱著一團紅色，手臂上巴著一團黑的，這形象，還能更爆笑一點嗎？

簡直讓她無顏見人。

但是現場沒有人笑。

北御前盯著那個嬌小的紅色身影，眼睛一轉也不轉。

仲奎一則是微張著嘴，瞪直的眼睛差點掉出來。

「是……小姑娘?!阿、阿北，那是你家的小姑娘吧！」

她沒事！

頭好壯壯地冒出來了！

而且是從地底冒出來喔！

明明之前地底裡飛出來的都是岩火、岩漿、火球石……各種染了火的大東西，砸到人不死也殘的那種，她居然還毫髮無傷地從那個洞底飛出來。

簡直神蹟了！

北御前沒有回答，反而向前了一步，眼神一直看著那道停在半空中的紅色身影。

剛從黑暗的地洞裡出來，端木玖眨了好幾下眼，才適應外面的光線，隨即打量著四周。

哇！赤地看起來比她鑽入地底之前更混亂了！

但好像還是有不少人留在這裡……從她出現開始，就已經感受到不少視線一直盯在她身上。

端木玖沒有太在意，以她的感知，這些視線都離她很遠，暫時對她構不成什麼危險。

只有兩道視線離她最近。

端木玖望過去，第一眼看到的，是一位穿著暗紫色鎧袍、手持黑色長槍的俊偉男子。

端木玖一愣，一幕幕影像，頓時出現在腦海——

小玖，這是妳的名字喲！唸成「端」、「木」、「玖」。

小玖，妳看，這是碗，這樣拿；然後另一手拿筷子，這樣吃。

小玖，我們今天要去的地方，是賣很多東西的地方，我們先去布料舖子，北叔叔帶妳去買衣服……

小玖，雖然妳現在沒辦法修練，不過還是要記住我接下來說的話，這個世界，強者為尊，每個人都嚮往修練。

修練的方向，有兩種，一種是魂師、一種是武師；魂師修練魂力，可以契約魔獸……

小玖，看好，遇到對妳兇的人，就這樣揍他！有事情北叔叔負責。打不過，北叔叔幫妳打。

小玖，北叔叔要去做任務，可能好幾天後才會回來，這些金幣妳收進手環裡，不要給任何人；好好待在家裡，不要跟不認識的人走。

小玖，這個戒指，是妳父母留給妳的東西，只有妳知道，不可以讓任何人發現，知道嗎？

小玖……

呆呆傻傻的十五年，是這個男人，一直照顧她。

即使在帝都，有著血濃於水的親人，卻沒有任何一個人，比這個人更關心她、更把她放在心上。

在她還年幼不能照顧自己的時候，是他餵她吃飯，照顧她的生活起居。

在她稍微年長一點之後，他一樣一樣教導她。

即使她始終沒有反應，同一件事需要他教好幾遍，他也從來沒有不耐煩，一遍一遍示範給她看。

只有他，一直守在她身邊，即使被貶離帝都、被輕視，他對她的態度卻從來沒有一絲一毫的改變。

以她為中心，以她為重。

以保護她，為生命中最重要的事。

在天魂大陸上，一個天魂師，足夠在任何地方通行無阻、受人敬重。

可是他卻一點都不在意，陪著她到偏僻的西岩城，為了生活所需，甚至當一名游散傭兵……

這一世，她的腦海裡，有九成以上的記憶，全是她和北御前生活的點點滴滴，說是兩人相依為命也不為過。

然而現在，卻才是兩人之間，真正的「第一次」見面——

北御前先有了動作，縱身往上一躍。

「小玖！」

端木玖還來不及反應，只是下意識地朝他跨向前兩步，整個人就被摟進一堵堅實的懷抱裡。

小狐狸被擠到了。

磊差點滑下去。

「小玖，妳沒事！」太好了！

北御前將她整個人抱了起來。

雖然語氣還算沉穩，但是雙臂的微微顫抖，還是洩漏了他情緒的激動。

端木玖一手抱著小狐狸，一手已經下意識以熟悉的動作，回摟住這個從小將她養大的男人。

「北叔叔……」

北御前一震，眼神立刻轉向她。

她的眼睛，清澄湛亮，沒有一點呆呆濛濛，定定注視著他。

不是發呆、也不是什麼都不懂的迷茫，而是真正在看著他。

「小玖？」

他的小女娃，在叫他？

從來沒有開過口，連嬰兒時都很少哭泣的小玖，在叫他？

「北叔叔。」端木玖再喚一次，清清楚楚。

北御前卻顫動了，語氣也有些顫巍巍。

「小玖，妳……真的好了？」

端木玖彎唇一笑。

「我很好啊！」頓了頓。「一直都很好，有北叔叔在，我很好。」

沒有他，她不會好好地一直到現在。

北御前愣了下，看著她，心情又悲又喜又驚，交集激盪過後，就只剩一陣狂喜。

他恍惚地輕笑了一聲，接下來是一陣響天徹地的開懷大笑。

「呵，哈哈哈哈……哈哈哈哈……」小玖好了！

小玖……好了……

他總算沒有辜負，那個人的託付……沒有辜負……

「北叔叔……」端木玖咬著唇，看見了他眼裡的溼潤。

她突然就明白了。

即使他不曾嫌棄她，不曾想過要拋下她，一直好好地照顧她，但是對於她的癡傻，北御前卻一直掛在心上，甚至可能一直默默在自責，覺得自己沒有照顧好她……

「小玖，我很高興。」笑了好一會兒，北御前才穩住情緒，語音微啞地說道。

端木玖看著他，主動抱了他一下，輕俏地說：「北叔叔，我也很高興。」

北御前又是一震，然後撫了撫她的髮，一時之間，不知道該說什麼。

儘管她是他一手帶大的小女娃，但是以前一直都是他在說、在教，單方面的溝通。

現在她恢復正常了，他很開心，一時之間卻有點不知道該要說什麼。

她好了，不能再拿以前那樣教小娃娃的話對她說了呀……

「北叔叔，我有一件事要告訴你。」表情很認真。

「嗯，妳說。」不自覺也跟著表情很認真。

「我肚子餓了……」她可憐兮兮地看著他。

一聽到她肚子餓，北御前立刻直覺反應——

「我們去樹林，北叔叔烤肉給妳吃。」

「好！」

北御前抱著她就要走，底下的岩漿卻突然噴上來，端木玖眼神一變。

「北叔叔，左移！」

北御前毫不猶豫移動。

岩漿潑空，岩漿裡卻有一個全身著火、看不清面貌的人站了起來，嘶啞的聲音，充滿憤怒地喊道——

「端、木、玖……！」

端木玖滿臉問號地看著他。

「你誰呀？」

站在一旁一直被無視的仲奎一：「……」噗！

現在問這句話，阿北家的小姑娘真的不會被仇恨嗎？

「……啊啊啊……」果然，有人憤怒到用叫的了。

端木玖皺皺眉，很不贊同地看著那個「火人」。

「講人話好嗎？啊啊啊的，誰聽得懂啊！」

北御前、仲奎一：「……」

他家的小女娃……好像很兇悍？

仲奎一更是懷疑，阿北家的小姑娘，真的不知道他是誰嗎？真的不是故意這樣說要把對方氣瘋的嗎？

「……啊啊啊啊……」果然，那個人更憤怒了，一直亂叫，最後才冒出一句：「我要妳死……」

站在岩漿裡，他身下魂師印閃現，在他身旁不遠處，一個巨大的飛禽物，同樣看不清面貌，渾身岩漿地慢慢張開翅膀。

北御前迅速退回，謹慎地落到原來的土突上，放下端木玖。

「小玖，妳在這裡別亂跑。」

「北叔叔？」

仲奎一同時來到這裡。

「阿北。」

北御前對著仲奎一點了下頭，然後轉向端木玖，很快地解說。

「小玖，那個人，是端木陽，旁邊那隻，是他的契約獸，端木陽是四星天魂師，雖然他和契約獸都受了傷，但凡是魂師，只要還沒死，他修練的魂力就可以慢慢自癒己身，也可以支援魔獸繼續戰鬥。」

「哦。」端木玖點點頭。

意思是，就算這個看不清是誰誰誰的火人看起來已經快要死翹翹，但是還沒死，就是個危險人物。

「現在他大概是要做死前最後的反撲了。」北御前淡淡說道，全身自然散發出一種肅殺之氣。

「嗯。」端木玖很贊同地點點頭。

看這種被氣昏頭的反應，的確是要做反撲了。

「怕嗎？」

端木玖搖搖頭。

「那妳在這裡好好看著。」右手一伸，黑色長槍憑空入手。

「好。」端木玖乖巧地回道，懂他的意思。

他家的小女娃真的很乖。

北御前很欣慰地一笑，然後轉身面對端木陽。

觀戰，是一種學習的好方法。

北叔叔真是一點都不浪費這一人一獸，藉這個機會順便教她認識魂師的優缺點，簡直比學校的老師更敬業！

她要給北叔叔點個讚。

「雙頭鳩鷹……魔眼魔光！」端木陽沙啞地大喊一聲。

全身變紅通通的雙頭鳩鷹，兩顆頭的雙眼，立刻閃動兩道光芒。

「喝！」北御前卻在光芒射出之前，一甩長槍，由上朝下，直接擊中雙頭鳩鷹其中一顆頭。

「吱呦……」雙頭鳩鷹哀嚎。

端木玖皺了皺眉，有點嫌棄。

「小狐狸，他的聲音好難聽，而且還破聲；那隻獸的叫聲也好難聽，一樣破聲，而且更吵。」她抱怨。

仲奎一聽了，差點腳底下滑跌下去。

喂喂喂，現在是什麼時候，阿北家的小姑娘妳只注意到他們的聲音很難聽又破聲嗎？

趴在端木玖懷裡的小狐狸，這時候才慢慢抬起頭，看了她一眼，然後毛絨絨的尾巴一掃。

巴在端木玖手臂上的磊頓時飛出去了，而且突然發現自己變成空中飛石，還疑惑地叫了一聲。

「嗚？」

端木玖呆了下，完全來不及把磊搶救回來。

小狐狸你動作太快了吧！

尾巴掃完，小狐狸又趴回來睡覺，一點也不關心石頭會飛到哪裡去。

而磊被掃飛也沒什麼驚嚇反應，就著飛出去的力道，直接又砸了下去。

「碰！」

「呃！」

磊直接砸在端木陽腦門上，端木陽悶哼一聲、瞪大雙眼，臉上是完全不能置信的表情。

迴盪在他身下的魂師印光芒，卻緩緩、緩緩消失。

他整個人，就這麼睜著眼，倒落岩漿裡，四周的岩火獸立刻撲向他。

磊站在端木陽頭上，一副不知道現在發生了什麼事的表情。

「嗚？」

它再度發出疑惑的聲音，撲過來的岩火獸動作頓時一頓，然後原本兇狠的猛撲，頓時變成慢慢地爬。

連頭都不敢抬起來！

岩火獸與岩漿的熱度將已經看不清面容的端木陽的整個身體，一寸一寸融化掉。只留下被磊拿來當踏腳地的那顆頭。

岩火獸們就圍著那顆頭，一副把頭保護起來不被岩漿熔化的模樣，又像是在對著頭朝聖般，讓人搞不清楚是怎麼回事。

同一時間，本來要撲向北御前反擊的雙頭鳩鷹，突然發出慘叫——

「吱——呦！」

原本就著火的雙頭鳩鷹全身徹底著火，一下子就被燒沒了。

仲奎一看得嘴角抽了抽。

「那個東西，真兇殘；岩火獸，也很兇殘……」

一個四星天魂師，好歹也算是可以橫走天魂大陸各邊城的人物，現在竟然被個不知道什麼的東西一砸就死了。

這搞不好是天魂大陸頭一份「殊榮」……

有什麼死法比被天上掉下來的東西砸死更憋屈的嗎？

仲奎一深深覺得，如果端木陽地下有知，一定會死不瞑目的。

而把東西丟出去的狐狸——仲奎一抖了抖，突然覺得，不要小看牠比較好。

端木玖卻是一臉好奇，一直看著岩漿和岩火獸。

「仲大叔，岩火獸就是這樣攻擊人的嗎？」好像……有點矬。

仲奎一立刻一本正經地點點頭。

「岩火獸身體剛硬，噴火是本能，凡是跌進岩漿裡的東西，只要牠們一靠近，就會被高溫融化。」

這時候，終於領悟到自己是被丟出來……不對，是被一條尾巴甩飛出來的磊，突然叫了一聲。

「嗚！」

這叫聲，非常之指責、又非常之委屈。

接著，磊前面突然冒出一堆岩火獸，從它面前直接排到端木玖前方，就像水面上浮出幾顆踏腳石一樣。

磊就這樣一跳一跳，踩著一隻隻岩火獸，跳到端木玖面前。

端木玖看著它，突然發現，縮小的磊，其實更像企鵝啊！

「嗚嗚。」磊叫。

「呃……」別人聽不懂，但是不知道為什麼端木玖就是聽懂了啊！

磊在告狀，它被小狐狸欺負了啊！

偏偏小狐狸待在端木玖懷裡，它不能直接撞過去，不然會傷到玖玖。

被欺負了不能報仇，這教它怎麼不哀怨？

端木玖低頭看小狐狸。

而小狐狸一點都沒意識到自己有什麼不對，只是半閉著眼，睡牠的。

「小狐狸……」她才開口，小狐狸也慢慢睜開眼，看著她。

紅若流晶的眼瞳，一副很正常的模樣。

端木玖還是問了。

「小狐狸，你怎麼亂丟石石啊？」

「……」它最好丟，不丟它，丟什麼？

小狐狸又閉起眼，趴回她懷裡了。

「……」就這種表現，端木玖竟然也很微妙地理解了牠的意思。

她上輩子不是馴獸師呀喂！

……但這輩子好像是跟非人類很有緣。

等等，現在沒時間研究什麼有緣沒緣的，要先安撫好磊。

「石石，你表現得很好、很讚，砸得真是太好、太棒了。」端木玖轉頭，就笑容滿面地稱讚它。

磊一愣。

「嗚？」表現很好？

「嗯，表現很好。」

「嗚？」有保護玖玖？

「嗯，你有保護我喔！」

「嗚～」磊滿足了，完全忽略剛才的哀怨，直接就跳上端木玖的手臂，又巴住不放了。

「石石讚！」端木玖表面笑容滿滿地繼續稱讚，內心默默汗一滴，她竟然無師自通學會「呼攏」這一招了。

幸好磊很好哄，不然可怎麼搞定啊！小狐狸你的脾氣真的很不好呀！隨便丟石不是好習慣呀！

但是小狐狸才不理，只趴在她懷裡靜靜臥著不動。

「小玖。」確定一人一鷹都死得不能再死了，北御前旋身飛回，手上的長槍自動消失。「有嚇到嗎？」

「沒有。」端木玖立刻搖頭。「北叔叔，你沒事吧？」

「沒事。」

「北叔叔，剛剛……你有殺雙頭鳩鷹嗎？」

「沒有。」北御前一聽就知道她在疑惑什麼。「雙頭鳩鷹是端木陽的契約獸，主人死了，契約獸就會隨著主人而死亡。這是主僕契約的天地規則。相反地，如果是契約獸死亡，身為主人可能會受一點傷，但不至於跟著契約獸死亡。」

「哦。」端木玖懂了。

對了，以前北叔叔曾經在她面前「叨唸」過，主僕契約是很霸道的，非常具有強制性……

「那個……阿北家的小姑娘，這塊是什麼？」仲奎一很好奇地一直看著巴在小姑娘手臂上的東西，很想伸手戳戳。

端木玖想了一下。

「石頭。」

「石頭?!」仲奎一瞪著磊。

雖然他也覺得是石頭，但除了岩火獸，他還沒見過有哪個石頭會動——不對，岩火獸不能算石頭。

但是，的確有一個石頭會動！

「阿北家的小姑娘，妳是在哪裡找到它的？」

「在地底下撿到的。」仲大叔怎麼突然激動起來了？

「它是石頭吧？」

「應該是。」

「那它……」

「奎一。」北御前突然打斷他，搖搖頭。

這裡是赤地，不遠處就有人，你確定要在這裡問秘密？

仲奎一興奮的心情頓時冷靜下來。

「阿北家的小姑娘，妳家的小狐狸，很有個性呀！」不好問石頭，仲奎一立刻轉換對象。

「嗯。」端木玖默默點了點頭，心裡自動附加一句：牠不只有個性，還很愛睡覺。

小狐狸彷彿聽見她心裡的話，突然睜眼，瞄了瞄她。

「呃，小狐狸很聰明的。」端木玖立刻稱讚牠一句。

小狐狸這才默默又閉上眼。

端木玖想搗頭。

她和小狐狸之間沒有契約的，怎麼她覺得，小狐狸好像知道她心裡在想什麼呀？

尤其是在她偷偷腹誹牠的時候。

好詭異！

「阿北家的小姑娘，妳沒有契約牠嗎？」仲奎一又問。

「沒有呀。」這樣就很好。

端木玖輕撫牠的毛，小狐狸也乖乖地不動。

「……」仲奎一很想大喊：浪費啊！

好歹火狐狸也有成長為高星魔獸的潛力，不要把牠當成寵物養啊！

摸完小狐狸，端木玖拉了拉北御前的衣袖。

「北叔叔，肚子餓……」

「奎一，走吧。」北御前一手摟抱起端木玖，一手持槍，直接往回飛躍，利用剛才形成的土突，再劃出幾塊土突，順利躍出赤地。

「阿北，等等我！」仲奎一在後面喊。

但是北御前早已經到樹林那邊了，把他一個人丟在這裡了。

簡直是有了小姑娘就沒人性啊。

仲奎一只好趕緊也追過去，連岩火石什麼的都來不及撿。

這次的岩火山之行，完全沒有找到任何煉材，實在太虧本啦！

第十五章　兇名赫赫？

三人一路往樹林回奔，除了注意腳下所踏的位置，避免踏進岩漿裡，同時又留意著站在樹林邊的傭兵，提防被偷襲。

就在他們離開赤地範圍的那一刻，因為地底窟洞而噴發的岩漿，突然以極快的速度朝著窟洞回流而去。

包括岩火獸也都一隻隻迫不及待往窟洞裡奔。

當背對著赤地的三人踏進樹林，站在附近十丈內的傭兵們紛紛自動讓避。

這是對強者的尊重，也是示好和示弱，表示自己沒有惡意。

北御前並沒有理會他們，只是摟著端木玖繼續前進，卻突然發現四周溫度再度明顯下降。

三人同時回頭看一眼赤地，才很驚詫地發現，赤地竟然乾了！

岩漿都不見了。

岩火獸化成的石頭更是連一顆都沒看見。

就連剛才的窟洞，也不見了。

只看見被北御前打起的幾處土突。

而不知道什麼時候開始，地面竟然也不再震動了。

「這岩漿會不會也流得太快了？」仲奎一簡直目瞪口呆。

他生平也見識過幾次火山爆發，但就沒看過有哪個火山噴發的岩漿是這麼快就冷下來的。

更何況，赤地不是小範圍，是連綿千里的大面積呀！

北御前看了眼赤地與岩火山，再回頭打量那塊巴在小玖手臂上睡覺的石頭，表情深思。

「阿北？」這現象太反常了。

「奎一，那些土突……」北御前只說到這裡，仲奎一秒懂！

「等我一下！」

仲奎一立刻跑回赤地裡，沿著一個個土突，每到達一處，就低頭把那些土突統統收起來。

仲奎一的這個舉動，好像開關一樣，瞬間點亮傭兵們的神經，每個看到的傭兵都立刻跟著跑進赤地裡，開始挖石頭。

岩漿退了，赤地上留下的火岩石，可以當煉材、可以賣錢，不趕快撿石頭的傭兵不是好傭兵！

「北叔叔，那些石頭好像很不錯耶！」

北御前點點頭。

「是很好的煉材。」

「那我也要去收！」被摟著的端木玖立刻要跑過去。

「不用。」北御前阻止她。「等奎一回來，讓他分妳一些。」

「這樣好嗎？」

「當然好。」北御前說著，右手長槍瞬間往前一指，遠處赤地裡某個傭兵的腳下立刻被打出一個洞。

那個傭兵驚悚了，立刻轉頭跑掉，不敢再偷偷接近仲奎一。

端木玖立刻懂了。

北叔叔和仲大叔，這是一個搶寶、一個守衛呀。

真是合作無間。

好一會兒，仲奎一終於心滿意足地回來，剛才的哀怨再也沒有了。

而赤地裡那些傭兵還在找，而且有的愈跑愈遠。

「好了。」仲奎一收穫不錯。

「走吧，先找一個適合過夜的地方。」北御前說道，三人轉身就往樹林裡走。

黃昏的天色很快暗下來，樹林裡的氣氛頓時變得更加危險。

儘管樹林裡還有不少魔獸躁動，但是北御前一到，在他前方的路徑，魔獸們紛紛自動閃避。

不得不說，論趨吉避凶，魔獸天生的本能絕對比人類強。

至少魔獸在感覺到對手比自己強的時候，絕對不會沒事自己找死硬撲上去，而是會自動先退散。

不少傭兵們看到這一幕，眼睛一亮。

跟著他們，會很安全！

至少不用擔心會被魔獸偷襲。

想通這一點，不少傭兵立刻偷偷跟上，有些卻被身旁的同伴阻止。

「你想死嗎？」

「怎麼了？」就是不想死才要跟上去。

樹林裡不時就會跑出魔獸，還是見人就打的，到目前為止，他們已經打了一天一夜，早就沒體力了。

好不容易因為赤地的變故能稍微喘口氣，又意外得了不少岩火石，這趟冒險搜刮可以說是很成功。

之前他們已經跟魔獸打很久，要是再這麼打下去，恐怕魔獸什麼的沒打到，他要先被魔獸打得下地獄去了。

要是搶到戰利品自己卻半途死掉了，那他們這麼拚是拚心酸的嗎？還便宜了別人！

所以現在最重要的，就是好好保護自己的命。

這三個人能讓魔獸自動閃避，他們當然最好跟上去，至少多喘幾口氣。

「這兩個人，我們哪一個都惹不起！」同伴簡直想一巴掌呼昏他。

常在西岩城接任務與居住的傭兵們，沒有一個不認識北御前與仲奎一。

這兩個人，一個是實力莫測的天魂師，一個是兵器鋪的老闆，據可靠消息說，他還是一個煉器師。

凡是天魂大陸上的人，就連三歲小孩都知道，惹到誰都不要惹煉器師，否則天知道這個煉器師會找誰來讓你求生不得求死不能？

他們兩個只是連地魂師等級都沒有達到的游散傭兵，可以在這裡打打魔獸撿點便宜，但絕對不要想黏上那兩位。

那是想自找死路！

「可是，我們累了……你也不想繼續被魔獸攻擊吧……」同伴說得好可怕，他有點嚇到了。

他只是第一次出來做任務的菜鳥傭兵，雖然認不得這兩個人，卻也聽過這兩人的名聲。

他一點都不想這一次就變成最後一次。

同伴想了想。

「我們走後面一點，離那兩位大人遠一點，不要打擾他們。」他們只是想蹭一點安全感，希望北大人和仲大人不會和他們計較。

◈

北御前和仲奎一找了個靠近水源的地方紮營，卻又離水源有一段距離。

然後北御前將黑槍直接插地立在一旁，開始清理地方、升火、搭營帳。

露宿在外，雖然一切從簡，但是這個世界並不缺儲物容器，出門必備的食宿物品，北御前當然是隨身攜帶的。

端木玖身上帶的，暫時沒有用武之處。

「妳在火堆旁休息一下，我很快就好。」即使忙著搭營帳，北御前也不忘把自家的小女娃安排好。

「北叔叔，我可以幫忙……」

「不用，妳休息。」

「阿北家的小姑娘，妳就休息吧。」仲奎一翻了下白眼，雖然覺得阿北實在太疼他家小姑娘，不過……這也是人之常情嘛。

小姑娘是阿北一手帶大的，疼愛得不得了。

紮營什麼的這種事，有阿北，是輪不到小姑娘自己出手的。

依照仲奎一的感想就是：就算是照顧自己的親生女兒都沒有這麼疼的。

尤其是小姑娘之前還傻了十五年。

那十五年，阿北不但將小姑娘照顧得很好，還以一己之力護得小姑娘沒受過太多委屈。

光是這一點，就很難得了。

要知道，天魂大陸一向推崇強者，身為弱者還是一個傻子的廢材，一出家門被誰看不順眼給揍了，那是很平常的事。

並不是說這樣的行為就是對的，而是大陸上太常發生這樣的事了。

修練者們一言不和，決鬥就開場，死個人都不算大事，更何況只是個傻子廢材被欺負？

所以現在看阿北寵護小姑娘的模樣，仲奎一是一、點、都、不、意、外。

是說，想到小姑娘一出手，就打趴一個三星魂師、滅了一頭五星魔獸，阿北……真的了解他家小姑娘嗎？

仲奎一腦海裡的疑問一閃而過，雖然他也沒幫忙搭營帳，倒是很自動去打了三隻低階魔獸回來。

這就是他們今天的晚餐了，阿北負責烤。

就在他們一邊烤肉一邊煮湯等吃的時候，在距離他們營地五丈之外，也陸續開始有許多傭兵各自紮營。

他們大部分的傭兵魂階都沒有那兩位大人高，聰明一點的都不敢真的貼太近，但這種距離，應該還是可以的吧？

請這兩位大人無視他們吧，只要給他們蹭一點安全感，讓他們少被魔獸攻擊就好。

仲奎一不動聲色地留意周圍，見他們還算識相，也就不趕人了。

「小玖，會覺得他們礙眼嗎？」正忙著烤肉的北御前問道。

「還好。」

「如果不喜歡，我趕他們走。」北御前淡淡說道，好像這是一件再正常不過的事。

「可以趕人？」

「可以。他們沒人是我的對手。」

「……」這個意思是，只要實力比較強，就可以趕人不必有理由？

「在這種沒人管的地方，實力強自然就有說話的資格；我們的營地在這裡，他們要想紮營，就必須在一定的距離之外。這個距離的遠近，阿北可以決定。這也是大陸上默認的規矩。」仲奎一在旁邊補充說道。

可以說，只要實力足夠，在這個世界真的是可以橫著走的。

「可是，我來的時候，好像營地之間沒有隔那麼遠。」

雖然北御前常常在端木玖面前說大陸上的事，但是對於這種野外營地的事，倒是沒有提過多少，所以端木玖不太了解這其中有什麼規則。

只記得來的時候，所有人都遵守補給營地的規矩。

仲奎一解釋道：「上次的情況，和現在不同。

「上次露宿的地方，是在補給營地，範圍是早就圍好的，其他人想在那個區域裡紮營，自然要聽補給營地的安排。

「而且當時在場有三個主要人物，代表三方勢力，只要這三個人商議定，其他人自然要照著做。

「而現在，是在空曠的樹林裡，沒有固定營地，大家各自找地方紮營。

「野外紮營，可以各自選地方。但是如果看上的地方已經被人先占了，你可以發起挑戰，誰打贏了，地方就歸誰。

「相同的一點是，如果有人不識相到在營地裡鬧事的話，不但會被營地主人驅離，也有可能被其他人趕走。」嚴重一點，命都會沒了。

端木玖突然想到某女被搧飛出去的那一幕。

「難怪端木晴會被丟出去……」

「她是自作孽，不可活。」仲奎一一點都不同情她。

身為魂師，父親又是一城管事，仲奎一才不相信端木晴會不懂規矩。

就算當時在追魔獸，在看見營地時，也應該先停下來說明情況，而不是直接亂闖搞得營地混亂。

就這樣找麻煩還只是被丟出去，已經算很幸運了。

只可惜她後來自己找死，那就怨不得別人了。

不得不說，這兩父女還真像——都喜歡自己作死。

想到這三父子，仲奎一忍不住問：「阿北，今天的事……你打算怎麼辦？」要跟端木家交代嗎？

「該怎麼辦，就怎麼辦。」北御前忙著將調味料撒在烤肉上、放在湯裡。

現在最重要的事，是晚餐。

雖然修為到達天魂師等級後，不是每天都必須進食；有魂力支撐著，魂師也不至於沒體力，但是能夠飽餐一頓，還是很值得期待的。

尤其他們之中，還有一個小姑娘要照顧呢！

有北御前在，是絕對不會讓他的小女娃餓肚子的，烤好一隻魔獸，拆下一隻腿就直接遞給端木玖，然後攪動一下湯鍋。

被無視了的仲奎一只好不客氣地自己動手了，邊吃還邊拿肉去逗逗火狐狸。

結果火狐狸完全不理他，只看著端木玖，等著她餵。

仲奎一忍不住開口。

「阿北家的小姑娘，這火狐狸也太挑了吧？」

他餵，牠不理。

端木玖餵，牠立刻吃。

他承認自己長得是沒有小姑娘可愛啦，但大小眼也不必這麼明顯吧！

「挑剔一點才好，才不容易被拐跑。」端木玖自己吃一口，再剁一口肉放到小狐狸面前，小狐狸就吃了。

一人一狐吃得很開心，還不忘稱讚。

「北叔叔，你烤的肉好好吃。」

肉質口感軟嫩、火候恰到好處，吃到肚子裡後整個人暖暖的，特別有滿足感；雖然調味料少得可憐，但真的很好吃。

嗯……莫非魔獸肉質特別好，可以減少調味料吃原味？

「不是我烤得好吃，是魔獸的肉，本來就比較好吃。」尤其奎一還特別抓肉質最好的魔獸兔。

「是嗎？」端木玖一愣。

可是在她記憶中，以前吃的肉好像都沒有這種感覺。

「低星魔獸的肉，只要是修練者都可以吃，但是普通人不行。」北御前說道。

「為什麼？」

「對修練者來說，魔獸的肉比一般凡獸好吃，而且因為魔獸天生就能修練，牠的血肉就蘊含牠的力量，吃了魔獸肉對修練者有好處，但是普通人的身體根本撐不住這種力量，一旦吃了，非死即傷。」仲奎一幫忙解釋。

難怪她的記憶裡完全沒有關於魔獸肉料理的記憶。

仲奎一笑咪咪地轉向北御前——

「同樣，能吃下魔獸肉卻一點不舒服的反應也沒有，代表小姑娘真的能修練了。阿北，我沒騙你吧！」

「嗯。」北御前點頭，望著端木玖的眼神裡，有一些欣慰、有一些驚喜，還有更多的期待。

他相信現在的小玖，不但能修練，天賦一定也不低。

「那你要鼓勵她好好修練。」不要只想著賺金幣啊！

北御前看向自家的小女娃，「妳怎麼跑來赤地？」

「北叔叔在這裡。」所以她當然要來。

「太危險了！」

「嗯……其實還好。」

北御前、仲奎一：「還好？」

「其實我覺得這裡不錯，滿好玩的。」端木玖再補一句。

「……」傭兵們絕對不會這麼想。

可是端木玖卻笑嘻嘻的。

雖然看到一場神奇的打鬥，差點連命都丟了很驚險，不過很值。然後又順利找到北叔叔了。

而小狐狸的心雖然很難懂，但是作伴也不錯。

最重要的是，焱在這裡呀！

而且岩火獸也沒有傳說中那麼可怕，磊也很呆萌；除了一來就看見北叔叔有危險的時候比較緊張之外，連地底下都滿有趣的。

而且，她還找到不認識的煉材可以研究，跟在磊後面也撈到不少石礦結晶，回去可以整理一下，然後再煉一些防身的武器。

對於可以煉製新武器，端木玖是很期待的。

「阿北家的小姑娘，妳不怕？」

「怕什麼？」

仲奎一示意她聽一聽、看一看。

岩火山雖然不再噴發、赤地持續降溫，但是這片樹林裡的魔獸和傭兵可沒有跟著消停，反而因為不斷的衝突，讓樹林裡的血腥味似乎更濃了。

她剛才有聽到不少傭兵們的偷偷議論，端木玖立刻好奇地發問。

「仲叔叔，他們很怕你耶。」

雖然野外有野外的共同規矩，不過以北叔叔和仲叔叔有名的程度，沒人來打招呼、攀關係，也太奇怪了。

「我那麼和藹可親！」怎麼可能被人怕？

「和藹可親？」端木玖的表情很微妙。

仲奎一眼神橫過去，「妳有意見？」

「沒有。」她一手拿著沒吃完的烤肉、一手抱著小狐狸，速速移位到北叔叔身邊，坐好。

仲奎一：「……」

他那麼和藹可親，她速速換位置是什麼意思啊！

沒什麼意思，覺得在北叔叔身邊比較有安全感；而且北叔叔比你和藹可親。

阿北?!比我和藹可親?!

沒錯。

妳眼睛一定有問題。

我的眼睛很正常。

阿北哪裡比我和藹可親？

北叔叔比較帥。

「小姑娘，外表好看，不能當成是好人的標準。」仲奎一很深沉地告訴她。

「仲叔叔，你不能因為自己不夠帥就硬要說長得帥的人可能是壞人啊。」端木玖也很深沉地告訴他。

「誰說我不夠帥！」仲奎一炸了。

「你有帥啊，說你不帥的人一定是審美觀有問題。」端木玖很嚴肅地說。

「……」仲奎一的火氣一時卡住。

「但是，」她繼續深沉的語氣，「帥是有比較級的。就像如果世界上只有一個強者，那他就是最厲害的人；可是世界上如果有兩個強者，就一定有一個最強的，還有一個第二強的。所以，仲叔叔也不要太傷心，你只是沒有北叔叔帥而已啦！要是跟端木陽比，那你就比他帥很多很多。」

「……」他一點都沒有被安慰到好嗎？

誰要跟端木陽比啊！

「仲叔叔，是男人就要勇於承認事實，不用羨慕嫉妒別人，你還是很不錯的喲。」說完，端木玖還特別再點點頭，以示肯定。

他、不、需、要、這、種、安、慰、好、嗎？

他明明就比阿北帥……

但是端木玖已經把拐了彎的問題又繞回去了。

「北叔叔，他們好像都很怕你。」

「這就是實力的差別。」北御前簡單地回道。

實力強，自然有人敬畏有人忌憚；若是實力弱——誰理你呀！

「那，北叔叔做過什麼讓人怕的事？」端木玖很好奇。

「你家北叔叔，在第一天來到西岩城的時候，就把當時端木家的西岩城管事給打趴了。」仲奎一幽幽地說。

「哇！」端木玖一臉讚嘆地看著北御前。

北叔叔，你做過這麼嚇人的事喔？

「總要讓人知道我們不是好欺負的。」北御前輕描淡寫地說。當時，小玖被驅逐出帝都，來到這裡，如果沒有一點讓人忌憚的本事，那其他人都會認為小玖好欺負。

他出手，當然是為立威。

「不只這樣，你家北叔叔在三年前正式成為傭兵時，還打倒好幾個雷火傭兵團西岩分團的隊長，從此成為雷火傭兵團的客卿。」

「八年前你來西岩城的時候，不也差點掀翻這裡的煉器師公會分部？」

「誰教他們不讓我開店。」

「我記得，你也揍過疾風傭兵團的人。」

「我店裡的東西，不賣給看不順眼的人；想找我麻煩的人，我當然要先讓他倒楣。」

「還有別的城跑來的傭兵……」

「我的東西不接受殺價。」

「兩年前，你還搶了一塊木頭。」

「在森林裡，無主的東西，當然是先得先贏；我拿到了，別人還想搶，不揍他們簡直沒天理。」頓了頓，仲奎一突然哇哇大叫：「阿北，你破壞我的形象，我才不會沒事亂揍人。」

當然，因為那些事揍人而打到別人害怕，絕對不是他的錯。

「而且，也不是只有我揍人，你這幾年做傭兵任務，都做到沒人敢跟你搶同一個任務做了；在做任務碰到你的時候也是有多遠閃多遠。」

阿北的「兇名」，絕對比他恐怖啦！

「果然還是北叔叔比較厲害。」端木玖滿眼崇拜地看著北御前。

北御前摸摸她的頭，微微一笑。

仲奎一突然有種搬石頭砸到自己腳的感覺。

在小姑娘眼裡——

論外表，他沒有阿北帥。

論和藹可親，他沒有阿北親切。

論名聲強悍，他還是沒有阿北嚇人。

小姑娘已經夠偏心阿北了，他這個豬頭，竟然還幫阿北宣傳過去的「豐功偉業」，簡直笨到有剩了。

那個……阿北家的小姑娘，其實他也很強、很有兇名的……不比阿北差……

仲奎一懊悔得恨不得倒帶重來的模樣，讓端木玖忍不住出口安慰他。

「仲叔叔，我知道你也很強的。」

「那當然。」仲奎一瞬間有感動，不枉他一路跟著來，在她失蹤的時候還陪阿北一起等。

小姑娘也是很尊敬他的。

「只是沒有北叔叔那麼強而已。」

「……」他真是感動得太早了。

誰教阿北才是養大她的那個人呢！她偏心點兒也是正常的。

仲奎一很大度地決定不跟小姑娘爭這個了。

端木玖轉向北御前繼續發問。

「北叔叔，為什麼魔獸都沒有攻擊我們？」而且她注意到，北叔叔一路走來，魔獸們統統主動避開，不敢擋北叔叔的路。

「我來說。魔獸不敢來，是因為那個。」仲奎一繼續搶答，手指指向一旁立著的黑色長槍。

「北叔叔的武器？」

「噗。」仲奎一噗笑出來，揮了揮手。「那不只是阿北的武器，也是阿北的契約魔獸。」

「啊?!」端木玖有點呆。

北御前煮好湯，先舀好遞給她一碗，才解釋。

「魂師，可以契約魔獸；當魂階達到地魂師，魂師能以魂力將魔獸鎧化上身。而鎧化，分為兩種：全身鎧化，與局部鎧化。

「全身鎧化，魔獸會成為魂師的保護鎧及武器，至於化為哪一種保護鎧，則視魔獸種類和天賦而定。

「而局部鎧化，則是魔獸化為某種兵器或鎧甲，以供魂師使用。

「這把長槍，就是局部鎧化。

「既然是魔獸所化，這把槍自然也帶著魔獸的氣息。

「而魔獸都有等級，低星魔獸對高星魔獸有著天然的畏懼；長槍在這裡，只要魔獸等級不高於我的契約獸，牠們自然不敢過來。」

這就是為什麼一找好營地，北御前就先立槍的原因。

雖然鎧化需要以魂力支撐，但若不是戰鬥，這點魂力的消耗對北御前來說根本不算什麼，撐整夜都可以。

「原來如此。」端木玖聽懂了。

「另外，在與人對戰的時候，萬一魂力消耗過度，鎧化就會自動解除；也就是說，魂力，是連接人與魔獸之間的橋樑，魔獸能協助作戰、增加魂師的攻擊力與防禦力，或是指揮魔獸與人對戰、增加魔獸的攻擊力與防禦力，都是因為有魂力的支援。所以，通常魂階愈高的人，實力就愈強。」北御前補充地說道。

「原來如此。」端木玖點點頭，吃一口烤肉。

「另外，對魂師來說，魂力的多寡、恢復的快慢，都是影響勝負與自身安危的重要因素；一旦魂力用盡，對魂師來說是很危險的。」尤其，魂師自身的武力值，其實根本不如武師。

沒了魂力的魂師，很容易變成待宰的羔羊。

「嗯嗯。」她又點點頭，餵小狐狸吃烤肉。「北叔叔，你的契約魔獸是什麼？」好好奇喔！

「等牠能出來的時候，再給妳看。」北御前摸摸她的頭，覺得自家小女娃好奇的表情實在很可愛。

「一言為定。」端木玖朝他一笑，然後乖巧地喝湯。

小狐狸立刻趴過來，端木玖只好自己喝一半，留一半給牠。

北御前一直看著她。

雖然端木玖是他一手養大的小孩，她的樣子，他閉著眼睛都能畫出來。可是以前只會聽話卻沒有任何反應的小玖，和現在嬌俏靈動、充滿生機與活力的小玖，簡直完全兩個樣兒。

現在的小玖，才真正像「那人」的孩子……

這一副「父女情深」的孺慕畫面，閃到旁邊最近一個圍觀者的兩顆眼。

再度被無視了的仲奎一，默默替自己舀了碗湯。

「阿北，你真是冷淡。」太沒有朋友愛了。枉費他知道阿北有危險，還特地跑過來，結果就這待遇?!

隨時都可以把他丟一邊不管啊。

真是太讓人心酸了！

這真的是好朋友嗎？

結果北御前就回一句——

「奎一，要有長輩的樣子。」跟小玖計較真是太沒有長輩樣了。

「……」仲奎一受到打擊，捧著小心肝端著湯，蹲到一邊心酸療傷去了。

但是心酸沒多久，仲奎一自己又默默走回來。

「阿北，你要不要勸一下你家的小姑娘？」他小小聲地說。

「勸什麼？」

「勸你家的小姑娘發揮她奮發向上的精神，秉持立志要趁早的原則，趕緊向強者看齊。」仲奎一握拳，一臉熱血。

「……」什麼鬼？

北御前一頭霧水。

「你家的小姑娘變聰明了、能修練了，但是卻沒有想要好好修練，變成一個人人崇拜的強者啊你知道嗎？」仲奎一滿臉恨鐵不成鋼地看著他。

為什麼沒有立志當強者呢？

一定是阿北養小孩的方式有問題。

怎麼能教你家的小孩不求上進呢？簡直罪大惡極！

北御前沉默了一下。

「小玖什麼時候跟你討論過立志問題？」她都還沒有跟他說呢！

小玖明明是他帶大的，這種問題應該先跟他說，而不是跟仲奎一說才對。

仲奎一完全不知道北御前的心理活動。

「就是在找到你的前一天晚上，我們和一群傭兵在樹林裡過夜的時候，邊吃烤肉邊說的。」仲奎一現在想起來，還是覺得一臉貧血。

「那她怎麼回答的？」

「她說她要賺很多金幣。」

「……然後？」

「然後買東西吃！」

「……」莫非他不在的時候，小玖被餓到了？

北御前不愧是「奶爸」，思考的角度絕對和仲奎一不一樣啊！

猜想可能有人虐待他家的小女娃，北御前全身開始放冷氣。

看到北御前的冷臉，仲奎一總算覺得安慰一點了。

「是吧是吧，你也覺得很浪費吧！明明就有天分、有能力，竟然不想努力修練，實在太浪費了！」仲奎一完全把北御前的冷臉想成是不高興，一肚子委屈總算有機會說了。

「要說想賺金幣也沒什麼不好，不過變強了，金幣自然就跟著來了，所以首先還是要當一名強者對吧？」

仲奎一非常期待地看著阿北，等著他一起勸說小姑娘改變志向。

誰知道北御前的腦電波完全沒有跟他待在同一個頻道上。

「奎一，不用擔心，小玖知道自己想要什麼的。」

「……」仲奎一一呆。

萬分期待自己的好友跟自己站在同一立場的仲奎一就聽到這句，瞬間感覺自己被世界遺棄了。

「吃烤肉。」阿北還遞了一塊烤肉給他。

「你、你……你太寵你家的小姑娘啦！」寵小孩是不對的！萬一把小姑娘寵壞怎麼辦？都不擔心小姑娘變成一個驕縱任性的壞小孩嗎?!

「她是小玖，寵她是應該的。」

一句話，完全擊倒仲奎一。

仲奎一再度趴地不起。

這個世界好殘酷，好友好沒有朋友義，都不支持他，他的心再度被傷害了，簡直都要變成玻璃心了……

仲奎一內心嗚嗚嗚地感嘆著，不小心瞄到一直巴在小姑娘手臂上的黑乎乎小獸。

他一下子又爬了起來，一直盯著它看，看了很久，才開口。

「阿北家的小姑娘，它……是石頭獸吧？」

巴在手臂上、睡得完全沒反應還不會掉下來，這種「黏上去」的功夫，也是讓仲奎一開了眼界。

「應該是吧？」端木玖不太確定。

焱也沒有說它是什麼呀！它的身體又是一堆石頭，所以應該是石頭獸吧！

想到這一點，端木玖其實覺得很彆扭啊。

雖然已經知道這個世界很玄幻，但是連石頭都可以成魔獸——是不是有點太不可思議？

不過，基於她以前待的世界也不是沒有這種神話傳說，她驚訝著驚訝著，也就習慣了。

本來磊在離開赤地時就要去陪焱的，結果又突然改變主意，決定跟在她身邊。

磊說：「焱要保護玖玖，焱不在，磊保護。」

所以，才會有磊一直巴著端木玖睡覺的一幕。

基本上，磊也是誰都不理，只巴著端木玖就睡覺；它覺得，這樣也不錯，玖玖跟焱有一樣的氣息……

「妳是怎麼會遇上它的？」仲奎一又問，眼睛還是一直看著磊。

「在地底的時候……」端木玖把到地底後看到的景象大概說了一遍，當然愈驚險的狀況，她是愈輕描淡寫。

但是在場兩個男人都不是沒見過世面、不知道危險的無知少年，光是聽到的地底陷落、一片火紅的景象，就足夠仲奎一叫出來了。

「妳被岩漿捲了下去竟然還能平安無事、一點傷都沒有，這也太神奇了吧！」仲奎一驚奇地直瞪著她。

莫非小姑娘身上有什麼異寶可以抵擋岩漿？

還是說因為那隻火狐狸？

「有小狐狸在呀！」端木玖笑咪咪，還把小狐狸抱了起來。

「真的是因為牠?!」仲奎一只是隨便想想啊。

因為他怎麼看，這隻體積比雞大不了多少的火狐狸，都不像是厲害到可以擋岩漿的樣子。

「小狐狸不怕火的。」

「雖然火狐狸本身就不怕火，但是那麼大量的岩漿，牠還那麼小……」仲奎一不太相信。

身為煉器師，仲奎一對火的感悟比一般魂師深刻多了。

正因為如此，他才會懷疑。

儘管火狐狸是有希望可以晉升入神級的魔獸，但是牠現在還這麼小，實力很有限，在岩漿裡能保住自己就不錯了，怎麼可能還能護住小姑娘這麼大個人?!

「不只小狐狸呀，其實我也不太怕火。」端木玖有點不好意思地說道。

「小玖的手上，有一個可以保護她的東西；在她有生命危險的時候，它會自動護主。」北御前突然說道。

「啊?!」不只仲奎一，連端木玖都很驚訝。

她有這種東西，她怎麼不知道？

第十六章　本家來人

「什麼東西？」仲奎一立刻很感興趣地問。

身為一個煉器師，對一個能自動護主的東西表示非常有興趣，一定要圍觀。

端木玖則想了想自己身上還有什麼東西是不明……啊！

右手指上，那個隱形的戒指！

她沒有抬手，而是一臉驚訝直接看向北御前。

「妳猜到了。」北御前也很驚訝，卻笑了。

不傻了以後的小玖，真的很聰明，不愧是——那人的孩子。

「因為它是不明物體呀。」端木玖也不知道是不是在嘆氣地說。

「那是妳的父母特地留給妳的東西，怎麼能說是『不明物體』。」北御前語氣很溫和地責備。

「我的父母？」端木玖卻愣了一下。

她當然知道自己不是憑空冒出來的，但是十幾年來，從來沒有人提過她父母的事，就連北叔叔都是偶爾暗自叨唸的時候才說，她都很習慣自己沒父母、只有北叔叔了好嗎！

現在突然說到父母給的「禮物」……真有點不適應。

「他們不是不管妳，只是為了妳的安全，不得不把妳託付給我。」北御前輕聲說道。

小玖，從一個只會小聲哇哭的小嬰兒，長成如今的模樣，亭亭玉立，並且愈來愈像他們。

他原本都已經做好照顧小玖一輩子的心理準備，不能修練沒關係、是傻子也無所謂，憑他，總能保她一生無慮無憂。

卻沒有想到小玖會突然好了，一下子從呆傻變得聰明無比，他到現在都還在適應中。

端木玖偏著頭想了想，才問：「他們現在很危險嗎？」

「很危險。」北御前點頭。

這麼肯定？

「他們有跟北叔叔聯絡？」

「沒有。」北御前搖頭。「我帶著妳離開後，就再也沒有見過他們。」頓了頓，他才又說了一句：「有些事，不是那麼容易解決的。」

所以即使沒有他們的消息，北御前也能斷定，他們的處境並不會很好。

即使能平安，必定也是歷經艱險。

再者，如果他們真的沒事了，一定不會放小玖在這裡不管的。

「那我，只要乖乖在這裡等著，就好了嗎？」看出北叔叔沒有要再多說的意思，端木玖才這麼問道。

北御前沒有回答，只是摸了摸她的頭。

端木玖現在也不介意。

該知道的時候，總會知道的；要是一直不知道……也代表她沒有能力知道吧？

既然沒有能力，多知道對自己是添煩惱，對別人也許就是添麻煩。

現在她對這個大陸還不夠熟悉，比起以後可能會遇到的父母的問題，她有空還不如先想想要怎麼面對端木家族這個問題比較實際。

仲奎一認識北御前十幾年，也是第一次從他口中聽到關於小姑娘父母的事。

「阿北，小姑娘的母親是誰？」他真的很好奇啊。

當年小姑娘的父親可是天魂大陸上赫赫有名的天才，堪稱同輩中，當代第一人。

當年也是風靡大陸上無數少男少女的美男子。就算他自己沒興趣男女之事，卻不缺有人想主動獻身啊！

這在當年也是轟動一時的大熱門消息。

可這樣的天才，有一天卻突然失去行蹤；然後在銷聲匿跡很久之後，由阿北帶回了小姑娘。

這件事在當時也讓端木家「熱鬧」了很久，要不是確定小姑娘真的是端木家血脈，恐怕還不能住進端木家……

「一個……跟小玖很像的女子。」北御前看著端木玖，笑得很懷念。

當然這種像，純粹只是外型上的像，小玖跟她母親的面容，有七、八成相似。

最大的差別只在於，小玖還太小、身量也還沒完全長開，個性也沒有她母親那麼強烈張揚。

「跟小姑娘很像？」仲奎一邊看邊想像，想了好一會兒，愈想愈可怕，決定放棄。

「算了，有機會見到面再說。」

仲奎一個人覺得，跟一個小姑娘的對話，已經讓他不時想趴地，要是再來一個年紀大一點、心眼兒更多一點的，他就真的要趴地再起不能了。

北御前一眼就看穿他在想什麼，想了想，決定還是把那句「目前只有外表很像」的話給收回來。

倒是小玖讓他有點驚訝。

以前她不懂，無法評斷；但是聽到父母的消息，她卻一點都沒有追問、也沒有特別的好奇心，這種心性上的沉穩，和她的年齡一點都不像。

北御前不知道該高興還是該擔心。

「啊啊，差點被阿北拐了，我要問的不是這個，是那個啊！」仲奎一差點想哇哇大叫。

他想圍觀戒指，結果一時好奇問到別人家的八卦去了。

他是煉器師不是八卦師啊！

「那個？」北御前一臉正經地反問。

「……」阿北一定是想看他著急，一定是！有這麼看人笑話的嗎？阿北實在是太壞了，好歹他們兩個是好友友友友友……

內心狂喊一通後，仲奎一才滿臉正經地開口。

「那個，『不明物體』。」

突然發現小姑娘形容得真好！

他已經把小姑娘的左手臂右手臂，上上下下連手指都沒放過地看過來了。

但只有看到一只手環。

這個手環——他很熟好嗎！

想當初端木家的小子託關係聯繫到他這裡的時候，還特別要求儲物空間要盡量大一點，要求不是魂師也能使用，還要有認主功能。

當時他聽見這種要求差點一巴掌直接把人給呼出去！

只想送他兩個字：囉、嗦！

不過後來他還是把這只儲物手環煉製出來了，後來見到小姑娘的時候，才發現她戴在手上。

他自己煉製出來的東西，有什麼功能他清楚得很。

這只儲物手環雖然特殊，但絕對沒有護主的功能。

「原來是那個。」北御前一臉遺憾，低聲地對他說：「那個，有自動隱匿的功能，我們都是看不見的。」

所以，奎一想圍觀，大概是不行的。

仲奎一：「……」

他這是被阿北又耍了一次吧？

這真的還是他認識的那個認真嚴肅成熟穩重正直無比的好友嗎?!

就在仲奎一第N次感到很心酸的時候，端木玖很及時地開口了——

「仲叔叔，我可以問你一個問題嗎？」

「好，妳問。」仲奎一立刻坐到小姑娘身邊去。

沒有好友義氣的阿北，我要拋棄你了。

「當一名煉器師，以後會很有錢嗎？」

「當然。」鏗鏘有力！

不但有錢，還很有地位。

當然，有錢的同時，花錢也很兇。

因為好的煉材除了自己找之外，不是花錢去買，就是請人去找。

有時候可能還得花兩倍、三倍，甚至更多的財力、人力，都還不一定能找到真正好的煉材。

端木玖想了想，轉頭去問北御前。

「北叔叔，我們缺金幣嗎？」

「不缺。」北御前搖頭。

雖然當傭兵不一定會變成富豪，不過要賺足兩個人的生活費，還是綽綽有餘的。

「那現在，有什麼我必須要做的事嗎？」

「沒有。」北御前再搖頭。

「那我現在連煉器師都可以不必急著當了耶……」端木玖頓時喃喃自語，發現原來這輩子的生活比上輩子好很多耶。

上輩子她還得誠懇辛勤地做研究。

這輩子完全只要當米蟲就好。

會不會太幸福了點兒？

「喂喂，不是這樣好嗎？」仲奎一連忙喊。

小姑娘已經夠沒有上進心了，阿北這麼說簡直就是——鼓勵小姑娘可以更不上進。

這絕對不是一個身為「奶爸」的人應該有的態度呀喂！

「小玖喜歡煉器？」無視仲奎一指責的眼神，北御前很愛護地看著自家的小女娃，問道。

「嗯。」喜歡！

「那就試試看。」北御前立刻轉向仲奎一，伸出手。

「什麼？」仲奎一莫名其妙。

「岩火石？」

「不用我幫你賣掉嗎？」仲奎一邊問，邊以神識在儲物戒裡區分了一下，先取出幾塊，遞給北御前。

其他的，等回城再分。

「這次都不賣。」北御前立刻把幾塊岩火石交給端木玖，然後讓吃飽的她，先進帳篷裡休息。

端木玖乖乖進去了，仲奎一一下子懂了，壓著聲音問——

「阿北，你該不會想把岩火石……拿來讓小姑娘練、手吧？」有點崩潰的感覺。

「嗯。」北御前點頭。

果然！

這樣寵你家小姑娘真的不會太過了嗎？岩火石很珍貴的耶！拿來練手用太浪費了啊！

「阿北，雖然你的東西要怎麼用，是你的自由，但是，你有沒有想過，小姑娘沒有特殊火焰，根本沒辦法鍛造岩火石的。」仲奎一勉強鎮定，忍住不要那麼快趴地。

「那就找火。」北御前很乾脆地說。

仲奎一無語。

阿北你以為火是那麼好找的嗎？天地異火難得一見、火性魔獸很難捕捉；請不要把找火說得像出門買一顆饅頭那麼簡單哪！

「就這麼決定。異火的下落，就交給你了。」完全不把困難放在眼裡，北御前直接說道。

仲奎一傻眼。

什麼交給他？找火?!所以這變成他的事了?!

「你在煉器師公會查消息比較快，就拜託你了。」北御前很慎重地說道。

仲奎一：「……」

這麼慎重的拜託，是讓他一點拒絕的餘地也沒有啊！不對，是算準他不會拒絕吧！好朋友，果然是用來坑的吧。

有小孩沒人性啊！

仲奎一再一次覺得，當初認定阿北、兩人成為好朋友，絕對是他的腦袋被酒沖昏了頭。

◈

一夜過去，當晨光照亮在樹梢之間，岩火山徹底平息。

地底的窟洞被回流的岩漿填平，再看不見。

火山周圍連綿千里的赤地，出現百年難得一見的低溫。

這種低溫，不是涼爽、不是冷，只是從平常讓人一接近赤地就汗流滿身的那種炎熱，變成接近赤地時覺得稍微有點熱，但不至於流汗的溫度。

比較敏感的人可能就會發現，這種降溫實在太快，從昨天到今天，等同從夏天到秋天，過了一個季節。

這是過去岩火山從來沒有出現過的情況。

只是岩火山幾乎百年才爆發一次，也沒有人會特地研究岩火山爆發後的氣候改變，於是大家都忽略了這一點，只覺得比較冷。

等到以後大家發現岩火山一直沒有爆發的時候，已經過去五百多年。

離開赤地後，再跨越連綿的山林，三人終於回到西岩城。

西岩城的居民，在穿著上也出現很難得一見的景象。

以往的秋天，因為有岩火山、有赤地，就算在西岩城裡，也感覺不到多少涼爽，所以大家穿在身上的，還是涼爽的夏衣。

只感覺到夏天的餘熱繼續發揮。

但是現在，除去魂師、武師身上多半穿著鎧甲不變，一般居民的身上，再看不見輕便的紗衣、布衣，反而出現厚棉衣、披風等等的裝扮。

這是在正冬天才可能出現的西岩城居民標準服飾。

看見這種情況，回到西岩城後，北御前做的第一件事，就是帶著端木玖去成衣舖買衣服。

仲奎一因為太無聊也跟著去了。

結果成衣舖裡人山人海。

因為天氣的突然轉變，成衣舖根本還沒開始賣冬衣，所以這些擠在舖子裡的人，都是有冬衣就先拿，沒有就預訂。

北御前、端木玖、仲奎一三人站在成衣舖外，完全不想擠進去。

商舖街上來來往往的人，卻是暗暗盯著那隻火紅色的小狐狸，進而注意到抱著牠的端木玖。

認出她是誰的人，還會很驚奇地低聲討論，但是不敢太明顯。

畢竟她身旁站著兩名天魂師大人，他們還不想引起天魂師大人的不滿。

「原來做衣服也很有『錢』途啊……」端木玖抱著小狐狸，若有所悟地說。

為了避免麻煩，在進城之前，她就把一直巴在她手臂上的磊放回巫石裡，去和焱作伴了。

結果，一隻小狐狸還是會引起圍觀的啊，害她想低調點兒都不行。

「前途？前後的前？」仲奎一確認一下。

「錢途。金幣那個錢。」端木玖笑咪咪地回道。

「……」就知道不能太指望小姑娘會突然發憤上進。

「北叔叔，我們需要買衣服？」端木玖拉了拉北御前的袖子。

「妳需要買。」今年的冬衣還沒有買。

「可是我不冷，應該不用買吧。」最重要的是，在出發去岩火山之前，她才來大採購過，現在真的不缺衣服呀。

「對喔！」仲奎一總算知道他們為什麼一回城就跑來這裡。

他和阿北沒有這種需求，一年四季幾乎都是穿同一類型的衣服，除非去沙漠或是冰原，否則不需要照季節更換衣服的款式。

但是小姑娘不同。

以前小姑娘是普通人，身體又弱，所以一年四季都要採買新衣服，免得中暑或著涼。

現在不用啦，小姑娘看起來強壯得很！

不過阿北一回城竟然就注意到這件事，可見得他有多把照顧好小姑娘這件事放在心上。

想到這一點，仲奎一再度佩服地看著他。

「阿北，以後你一定會是一個好父親。」

「你想太多了。」北御前面無表情地回道。

他沒想過自己會當父親，只想要照顧好小玖。

仲奎一開始覺得，其實自家好友的屬性不是好奶爸之類，而根本是「小玖控」吧！

「阿北，就算天氣變冷，你也不用急著幫小姑娘買衣服吧，你忘了，以前你有特地找我做過一些衣服的。」想到這件事，仲奎一又是一種心酸。

想他堂堂煉器師，有一天竟然要客串當裁縫師。

這人生的變化，真是讓人無法料想。

這絕對是他煉器師人生的黑歷史，誰都不准說！

「北叔叔，衣服我們不缺，不過我們缺食物喔。」端木玖說道。

在去岩火山之前，她已經把家裡的食材都用完了，現在他們回來，家裡完全沒有食物了呀。

「現在去買。」沒有第二句話，立刻往食鋪區走。

就在三人買好一堆食材之後，北御前被兩個人攔住了。

「見過北大人。」

「北大人。」

同樣是尊稱，一個笑咪咪很有禮貌，是傭兵團的小傭兵。

另一個眼神是有點輕蔑的，有點陌生的臉，但他身上穿著的是端木家族的服飾。

是端木家族裡一個沒沒無名的小子弟吧。

北御前看著兩人，問：「有事？」

「北大人，分團長請你有空的時候，盡快到傭兵團本部一趟。」小傭兵很恭敬地說道。

「奉長老之命，請北大人帶九小姐，立刻回端木府。」這是命令。

仲奎一聽到後面這句，差點當場噴笑出來。

「小子，你家長老叫你來找人，就這態度？」一改在端木玖面前親切又風趣搞笑的風格，現在仲奎一所表現出來的態度，就是高傲。

小子弟回視了他一眼，根本沒意思要回答。

身為天魂大陸第一魂師家族的一分子，就算只是一名小子弟，也比一般家族的嫡系子弟更不好惹。

小子弟橫著走習慣了，根本不把一副路邊大叔樣的仲奎一放在眼裡。

「哼！」仲奎一手一揮，小子弟頓時被揮飛出去。

「啊……」碰！

小子弟直接跌落在商店街上，周圍的人立刻散開。

商鋪街上每天都有人一言不合打架鬧事，這不稀奇；不想管閒事，就自動閃遠一點，安全自然有保障。

小子弟狼狽地爬起來。

「你、你是誰?!」竟然敢打他?!

「你沒有資格問。不服？叫你家長老來！」本大人隨時恭候！

「你、你……你給我記住！」

「要滾就滾，放什麼狠話？需要我送你一程嗎？」仲奎一眼神一凜，手一揮，魂力直放出去。

「啊……」

小子弟再度被掀飛，這次飛得更高更遠，然後「砰！」一聲，直接跌到街尾去了。這次再爬起來，小子弟不敢再說了，頭一轉就直接往城東區的方向跑！

端木玖讚嘆地看著仲奎一。

「仲叔叔，原來你這麼有男子氣概呀。」

現在她相信，仲叔叔真的有把人揍到怕、揍到出名的輝煌歷史了。

「那當然。」仲奎一驕傲的。「阿北家的小姑娘，妳要記著一件事，這個大陸是實力為尊的。光從魂階來看，我是天魂師，剛剛那個跑腿的，連地魂師都不是，他敢對我無禮，我沒當場殺了他已經算很給端木家族面子了。如果端木家族敢因此對我不滿，我隨時等著他們來找碴。」

非常霸氣外露。

「對了，阿北，西岩城裡，還有端木家的其他長老？」

仲奎一記得，西岩城裡的端木長老只有一個，就是那個已經留在赤地裡回不來的人。

那現在說的長老又是怎麼回事?!

總不會昨天才發生的事，今天端木家族就派新長老來了吧？

「是帝都來了兩個長老。」還沒走的小傭兵說道。

「帝都來的？」仲奎一皺眉。

北御前也看著小傭兵。

「端木家族的兩個長老，是昨天來的，全西岩城的人都知道。」小傭兵很熱心地回道。

只是來了兩個長老，搞得全西岩城都知道，這是得多大陣仗？

「他們搭獅鷲來的，直接要飛越城門，讓守城門的士兵以為來了什麼魔獸攻擊，差點引起全城戒備。」小傭兵說道。

仲奎一嘴角抽了抽。

是有多大架子才會連幾步路都捨不得走想直接飛過城門？難怪搞得全城的人都知道他們來了。

不過，端木家的人……

「阿北，來者不善喔！」

北御前當然明白，不過也不以為意。

端木家族的人，還沒有真能為難他的本事。

「你先回去告訴分團長，我晚點就去。」他對小傭兵說道。

「好的，那北大人、仲大人、九小姐，我先回去了。」小傭兵很有禮貌地道完別，轉身就先離開。

「這小傭兵，看起來比端木家那個跑腿的有氣質多啦，第一魂師家族呀……」嘖嘖。

一點家族風範和教養都沒有，比人家平民還慘。

「他很符合端木家族的特色之一。」北御前簡潔地說道。

「什麼特色？」

「勢利眼。」

……噗！仲奎一爆笑。

阿北，你好毒。

「走吧，去端木府。」北御前帶著端木玖就轉個方向，往城東走去。

「等等我！」

阿北要槓上端木家長老，這種場面，仲奎一當然不能錯過。

端木府，就位在城東區最中央、最顯眼的位置。

在幾乎全是家族、富人居住的城東區裡，端木府也是占地最大、正門建築最高的一座宅邸。

北御前才來到門口，守門的小子弟什麼話都沒敢問，直接就將三人請進門。

進入正廳，主位上坐著兩個人，一男一女，右側主位坐著端木連。

一看到端木玖，端木連的眼神立刻透露出一股殺機。

北御前輕飄飄地看了他一眼，端木連立刻轉開眼；北御前這才看向坐在主位的兩人。

天魂師壽命至少有五百歲，只是十年不見，容貌也不會改變太多，所以一見面，雙方都認得出彼此。

端木義、端木瑩，一男一女、實力相當，但行事風格卻截然不同的兩名端木家族長老。

看著北御前與十年前毫無差別的外型，再看向他身旁的那名少女，這是——九小姐？

十年，足夠讓一個小女娃，長大成一名明眸皓齒、美麗絕倫的少女。

纖弱的身型，雖然不符合天魂大陸對美的要求，但不可否認，光看外表，九小姐是很讓人驚豔的。

真沒想到……北御前將連說話都不會、一點自理能力也沒有的九小姐，照顧得這麼好……

但一想到他們來的目的，端木瑩不自覺皺了下眉。

「北御前，你無故打傷家族子弟，這件事你要怎麼對本長老交代？」端木義開口就質問。

北御前眉一挑。

「那個傳話的子弟，說是我打傷他的？」

「不是你，還有誰？」端木義怒火赫赫：「十年不見，在這種偏僻的地方，你的脾氣倒是愈來愈大了。那個小子弟不過是我派去傳話的人，你卻對他這麼不客氣；怎麼，這是對我端木家表示不滿？」

「十年不見，你的腦袋倒是退化不少。」

「你說什麼?!」

「意思就是，你連假話和真話都不會分辨，簡直愈來愈笨。」北御前淡淡地說道。

端木義一拍桌！

「北御前，你找死！」

「你派的那名子弟，才是找死。」北御前冷笑一聲。「別忘了我是誰，那個子弟是什麼身分，也敢對我無禮？他還能活著回來，要感謝我善心大發，饒他一命。」

魂階的差距，就是規矩。

即使是身分再尊貴的人，面對天魂師以上的魂師，只要魂階不及，對天魂師就必須要恭敬。

「義長老，稍息怒火。」端木瑩開口緩和場面，問道：「北大人，你真的出手打人了嗎？這位……」

現在才看見一旁留著鬍碴的男子，端木瑩頓時站了起來。

「您是……仲大人?!」

「仲大人？」端木義皺了下眉，想了一下，仲……仲?!

煉器師……而且是那個大有來頭的煉器師?!

他立刻也站了起來，壓下對北御前的怒火。

仲奎一雙手環胸，冷淡而高傲。

他看著端木義。

「人是我打的，你不滿嗎？」

端木義一噎。

他罵了半天，在場人聽了半天，結果……人根本不是北御前打的，那為什麼不早說！

這是在看他笑話嗎？

偏偏，仲奎一的身分，他得罪不起。

「本長老……沒有不滿，只是不想族中子弟受到委屈而已。」

「義長老是愛護家族子弟，所以情急焦躁了些，請仲大人不要見怪。族中子弟有不敬之處，也請仲大人不記小人過，我會好好處罰他，請仲大人多多見諒。」端木瑩大概猜出族人做了什麼事，立刻接著說道。

族中子弟真的需要再好好教導一番了，今天就算沒有仲大人，也不能對北大人不敬。

低階魂師公然對一名天魂師不敬，那是被打死了也得自認倒楣。

族中年輕一輩的子弟真是愈來愈不像話了。

「處不處罰，那是你們的事，與本大人無關。」仲奎一無動於衷。「敢對本大人不敬，本大人見一個、打一個；如果沒打死，算他好運。」

一邊旁觀的端木玖又開了眼界。

仲叔叔比剛才更霸氣外露了耶。

而且這兩個長老，好像很怕仲叔叔，好奇怪。

「仲大人，我會約束小輩們，不會再對仲大人不敬。仲大人請坐。」端木瑩連忙說道：「北大人、九小姐，請坐。」

仲奎一大方地坐下，北御前卻沒有動，只問道：「不用了，你們找我來，究竟有什麼事？」

「不是找你，是找九小姐。」看見北御前，端木義只差沒哼出聲。

堂堂一個天魂師，卻願意給一個傻子廢物當保鑣，在他眼裡，根本就是自甘墮落。

再看著一身紅鎧的端木玖，他的眼神更是不以為然。

一個傻子廢物，穿什麼鎧甲？

不過，她手裡抱著的那隻……是北御前抓給她的嗎？竟然拿魔獸給一個傻子當寵物，真浪費！

「端木義長老有話直說。」不必賣關子。

端木義哼哼一笑。

「你想知道，那就聽好。奉族長之命：端木家族嫡系子弟端木玖，即刻啟程回帝都本家。」

回帝都本家？

北御前一聽就皺眉。

「為什麼？」

「這是族長命令，還需要問為什麼？」遵從就是了。

北御前不理傲慢得莫名其妙的端木義，轉而看向端木瑩。

「的確是族長的命令。」她語氣有點遲疑。

「原因？」不要告訴他，這是因為端木族長想孫女了，所以才要將孫女召回本家。

「九小姐……年紀大了，族長關心小輩，也是理所當然。」端木瑩委婉地說道。

「關心？」

這話就算說給以前的小玖聽，她也是不信的。

「瑩長老，不必跟他囉嗦那麼多，直接告訴他就行了。」端木義直接說道：「族長已經為九小姐訂下婚約，召回本家，自然是要履行婚約的。」

「婚、約？」

北御前表情不變，但好像在……咬牙？

「放心，對方是陰氏一族的嫡系少爺，身分上，絕對配得起九小姐。」事實上，端木義覺得這根本是便宜九小姐了。

但是端木瑩一點都不這麼認為。

北御前對九小姐的重視，她是看在眼裡的。

他能在十年前毅然帶著九小姐離開帝都，就表示他有為九小姐不惜一切的決心。

現在突然訂下婚約，如果北御前執意反對，那絕對是個麻煩！

「呵呵。」北御前冷笑了兩聲，直接轉身。「奎一，我們走。」

「好！」

「北御前，你想反抗族長的命令嗎？」端木義喝道：「你可以不聽族長命令，但是九小姐如果不聽從族長命令，就再也不是端木家族的人。」

北御前腳步只停頓了一下，就帶著端木玖離開了。

仲奎一立刻跟著走。

端木瑩不贊同地看著端木義。

「義長老，你不應該故意惹怒北大人。」

「我只是實話實說。」端木義一點也不覺得自己做錯什麼。

「北大人如果一氣之下，不讓九小姐回帝都，你認為族裡會有什麼反應？陰家那邊又要怎麼交代？」

端木義頓時被問住。

族裡有什麼反應跟他沒關係，反正被逐出家族的人也不會是他。

但是陰家那邊……端木義覺得不妙了。

「瑩長老，妳認為……北御前真的會不讓九小姐回帝都嗎？」

「很難說。」端木瑩不敢肯定。

「那妳認為，我們應該怎麼做？」端木義有點緊張了。

他們可沒有時間在這裡耽擱太久。

「我會再去拜訪北大人，但是義長老，請你不要再針對北大人，否則再出什麼狀況，一切後果就由你負責。」

「我……知道了。」端木義只好同意。

他不是怕了北御前，而是為了完成族長交代的任務，所以暫時不跟北御前計較。

聽著兩位長老商量完畢，各自離開後，端木連也轉身離開大廳，走向後院妹妹的房間。

自從妹妹受傷後，再醒來，不但魂力被廢、無法再修練，就連腦子也傷到，變成一個傻子了。

父親說要留在赤地觀察情況，順便找找有沒有什麼天材地寶，到現在還沒回來。

北御前卻已經帶著端木玖平安回來了。

看著傻傻的妹妹，呆呆地吃著點心，還會流口水出來，端木連雖然表情嫌惡，但還是拿條布巾擦淨妹妹的臉。

「妹妹，端木玖竟然有了婚約，要嫁給陰氏一族的人。

「她被召回帝都了，我們還得繼續留在這裡，妳甘心嗎？

「如果不甘心，就快點好起來！」

端木晴沒有反應，只是拿起桌子上的餅乾，繼續往嘴巴裡塞。

「笨妹妹，好好吃。」他握著妹妹的手，幫她把餅乾放進嘴裡，不要再吃到嘴邊。

「不過，我沒有告訴那兩位長老，說端木玖已經變正常了，不是傻子、也不是廢物。

「剛才兩位長老看見端木玖，卻一點也沒有理她，正好北御前很快就帶她走了，所以兩位長老到現在還不知道端木玖的事。」真是連老天爺都在幫忙。

「可惜剛才北御前走得太快了，竟然沒和義長老打起來。不過，說不定義長老也不敢跟北御前正面對戰。

「不過，如果端木玖不肯聽命嫁人，那就不只兩位長老，北御前將會和整個端木家族為敵。」他有那個膽量嗎？

還是會笨得為一個端木玖，真的對上整個端木家族，和陰氏一族？

「希望爹……快點回來……」然後找到能治癒妹妹的方法。

「妹妹，哥一定找機會替妳報仇……」

北御前、端木玖、仲奎一，他一個都不會放過！

第十七章　轟動天魂大陸的桃色傳聞

離開端木府，北御前直接帶端木玖回家。

交代她不用擔心、好好休息後，就來到北城區，雷火傭兵團西岩分部。

「御前，你終於平安回來了；仲大師，歡迎你來。」蒙亦奇很高興。

「我只是陪阿北來，你不用招呼我沒關係。」仲奎一自動到一邊坐著，喝茶吃點心。

蒙亦奇笑著點點頭，這才問道：「我聽其他人說你帶玖小姐一起回來了，她沒事吧？」

「沒事。」

「那就好。」蒙亦奇這才真的鬆口氣。

北御前對玖小姐的保護慾是全城皆知的呀！如果她真的出事，蒙亦奇真不敢想像北御前會做出什麼事。

「你特地要我來，有什麼事？」

「這是這次任務的酬金，雖然岩火山這次爆發得很奇怪，不過我們也算是完成了任務。」蒙亦奇交給他一個錢袋。

依據北御前過去的要求，蒙亦奇沒有把金幣存在晶卡裡，而是直接給付金幣，便於使用。

而且因為這次北御前的表現，蒙亦奇給出的酬金是加倍的。

「多謝。」北御前收下。

「另外，關於衛沖林暗算你的事，衛利斯和燕東飛已經調查清楚——衛沖林是受端木陽指使，才會用寒陰水暗算你。本來他們兩人打算親自向你道歉，但是臨時有事不得不離開，他們臨走前，託我把這個轉交給你。」

蒙亦奇遞出兩張晶卡，幣值各是一萬金幣。

「他們兩個人還說，這件事是他們的疏忽，所以兩人都提出一個條件作為補償。」也就是說，北御前可以向他們兩個人各要求一件事，無論是什麼事，他們都會努力辦成。

衛沖林是疾風傭兵團的一分子，他惹的事，燕東飛有責任善後。

同時，衛沖林又出自衛家，衛利斯既然遇上了，也不能不為衛家的名聲考慮，所以同樣給出補償。

疾風傭兵團是全大陸三大傭兵團之一，衛家在帝都算是名門望族，這樣算起來，北御前是因禍得福了。

只不過這個福不好享，一不小心就要丟命。

當然，對於疾風傭兵團員攜帶禁物入赤地的事，也必須給予同行的雷火傭兵團員補償。

燕東飛對於這一點也沒有任何意見，同時作為處罰，他也將造成兩團成員損傷的衛沖林開除，並且通告傭兵工會，取消他的傭兵資格。

「如果你還有其他要求，或對這些補償不滿，也可以提。」蒙亦奇盡責地把話轉達完畢。

這補償，也是看對象的。

因為是北御前，所以疾風和衛家才肯花比較大的代價平息這件事。

要是換成一般傭兵……恐怕有金幣補償就不錯了！

「這樣就可以。」北御前同意，這就表示，以後不會再為這件事找疾風傭兵團或衛家的麻煩。

「那就好。」蒙亦奇也很滿意。「另外，多謝你這次保護我們的團員。」

「應該的。」身為傭兵團的客卿，保護團員自然也算是義務。

「對了，這次其他人能安全脫險，也多虧了玖小姐，所以我把這次任務的酬勞，也算了一份給她。如果她願意，也可以加入我們的傭兵團；或者她想要什麼作為報酬，都可以提。」蒙亦奇另外準備了一張晶卡，是給端木玖的。

「這個？」北御前接過一查看，兩萬金幣?!

「我幫玖小姐，向疾風傭兵團也要了一份酬勞。」蒙亦奇笑得有點賊。

最後被救回來的人，也包括疾風傭兵團的人，向他們要一點酬勞也是應該的吧！

「多謝。」北御前就收下了。

「最後一件事，傭兵團本部發布一項支援任務，地點在天塹森林。這項任務有最低要求，就是接受任務的人，修為必須是在地階以上的魂師。任務成功的話，報酬是平常的三倍；如果任務失敗，也會拿到應該有的報酬。你要接嗎？」蒙亦奇問道。

「任務內容是什麼？」

「支援本部的人，搶神獸與元素寶物。」

「神獸？」

「元素寶物?!」仲奎一眼神一亮。

「這件事，大概全帝都幾大家族都知道了。最早傳出消息，是在一個多月前，聽說前往天塹森林冒險的家族子弟與傭兵團，有一半以上都出了意外，而且是全團毫無活口。

「後來幾大家族聯合查探，才確定他們出事的地點，都在天塹山谷；最後才得出這個可能性比較高的結論。

「我從赤地一回來，就接著支援的消息，才知道這件事。」蒙亦奇說道。

若不是因為要等北御前回來，他大概也早就出發了。

衛利斯和燕東飛之所以託他傳話，也是因為兩人回城後，就又接著趕往天塹森林。

可以想見，這個消息一傳出來，會引起多少人注意。

魔獸，可以說是魂師的主要戰力。

在天魂大陸，一隻聖獸的出現，就足以引起全大陸魂師一陣瘋搶；更何況現在出現的是神獸，各大勢力不撲著趕去才奇怪。

更難得的是，聽說這隻神獸是有守護寶物的。

「神獸，加上不知名的寶物，難怪傭兵團要規定，地階以上魂師才能接任務。」

北御前預估，恐怕就算是地階的魂師去了那裡，還是有八成會變炮灰。

要不是天階高手不好找，恐怕傭兵團會直接找天階高手出任務了吧！

要是平時，這個任務北御前還會考慮接受，但是現在……

「團長，這個任務我放棄。」

「為什麼？」蒙亦奇是很看好北御前的實力的。

「我有事。不過我想請你幫我調查一件事……」北御前低聲對蒙亦奇說了幾句話，蒙亦奇點點頭。

「這個我可以幫忙，你放心，很快就給你消息。」

「那就麻煩你了。」北御前這才與仲奎一離開。

兩人緩緩走出北城區，轉回西城區。

「阿北，你真的不去天塹森林？」

「小玖的事要先安排。」

「好吧。」他應該想得到，小姑娘的事排第一。「那你打算帶小姑娘回帝都嗎？那個婚約很不靠譜的。」

「奎一，你知道些什麼嗎？」北御前這才看向仲奎一。

「陰氏一族，你應該聽說過吧？」

北御前點頭。

「陰氏一族，是天魂大陸上，唯一一個歷任皆由女子出任族長的家族，不可否認的是，陰家的女人都很有能力。論陰氏一族的實力，只差一點點，就可以追上三大家族與皇室。

「這一代陰氏一族的族長，外貌出眾、實力強悍，雖然她現在身邊有好幾個男人，但她這一生最遺憾的事，就是得不到唯一一個讓她心動的男人。」

這一點，不是仲奎一特別八卦，而是這件事，曾經轟動過天魂大陸。

而他也沒說錯，陰氏族長的確有好幾個男人。

大陸上女性強者雖然不多，但是天魂大陸對男女之別並沒有那麼嚴格，如同男性強者可以有許多女人一樣，女性強者同樣可以擁有許多男人；只要她高興就好。

所以陰氏族長地位高、容貌美、實力強，同時擁有好幾個男人，也是很正常的。

但是聽到最後一句話，北御前有種很不好的預感。

「那個唯一一個的男人，該不會就是……」

「沒錯，就是小姑娘的爹。」仲奎一宣布道。

北御前：「……」

這人生怎麼那麼讓人無語問蒼天？

幸好端木玖不在這裡，不然聽到這件事，那她的感想一定是：「人生真是好大一盆狗血！」

「所以，不管你怎麼打算的、要不要同意這件婚事，你都得先知道，這個婚約是怎麼來的。兩家族的聯姻，究竟是誰提起的？又是誰指定要小姑娘嫁人？雙方有沒有談什麼條件。如果是陰氏族長點明要小姑娘……那阿北，你就得多多注意啦！」仲奎一結論道。

「你認為，陰氏族長會想從小玖身上報復？」北御前若有所思。

「很有可能。」他點頭。

「會嗎？」這麼麻煩又沒肚量的事，她堂堂一個族長也做得出來?!

仲奎一拍了下阿北的肩，語重心長地說：「相信我，女人的心眼是很小的。」她真的會做這種事。

「……你好像很了解女人？」

「阿北，這種事不用很了解，看多了自然就知道。」仲奎一理所當然地道。

「……」莫非奎一經驗豐富、閱人無數？

「喂喂，阿北，你那是什麼眼神？」別以為他看不懂。「好歹我在大陸上也算是個名人，也去過不少地方、見識不少人，女人的性情我就算不了解，也聽說過，這不難知道好嗎？」

他又不像某人，心力完全放在某個小女娃身上，對其他的事完全漠不關心，更別說打聽了。

北御前這才收回懷疑的眼神。

「陰氏族長的心思，很多人知道？」

「該知道的人都知道，只是很久沒有人再提起而已。」

畢竟那是二十多年前的事了，當事人之一也已經消失在大陸上二十多年，誰沒事還會亂提？

以時間上來說，北御前不知道這件事也是很正常的。

他是在十五年前帶回端木玖時，才出現在眾人面前。

如果沒有刻意打探，別人當然也不會隨便翻起這件舊事。

要知道，當初端木玖出現時，陰氏族長就差點氣得想殺人——她看中的男人娶了別的女人，那是明晃晃在打她的臉啊，不氣才怪！

要不是當時陰家還不敢跟端木家族為敵，小姑娘那條小命說不定當年就保不住了。

「我知道了，謝謝你，奎一。」

「哼，算你有良心。」還知道感恩。

不枉他變身八卦男人。

「為了感謝我，今晚就在你家吃飯了。走，我們先去買酒，你得陪我喝！」就這麼愉快地決定。

一頓晚餐，仲奎一可以從傍晚吃到半夜。

酒都喝完了，他還沒醉。

「阿北，我肚子又餓了。」

「我去煮。」北御前很認命地起身走向廚房。

於是，再蹭了一頓宵夜，仲奎一終於心滿意足地在阿北家的客房睡了。

北御前這才來到端木玖住的小院外，一眼就看見房裡的燈還亮著。

「小玖？」他敲門後進去，就看見端木玖還在看書。

小狐狸就窩在她腿上睡覺。

「北叔叔，你們喝完啦？」她還以為仲大叔會拉著北叔叔，立志要不醉不歸呢！

「嗯。」北御前在她床前小几旁邊的椅子坐下，問道：「小玖，在地底，妳是不是遇到什麼事？」

雖然在奎一面前，他是說戒指有保護她的功能，但那有一半是騙人的。

當時還有那麼多傭兵待在他們附近，有些事就不適合說。

戒指有護主的功能是真的，但小玖根本還沒有真正讓戒指認主，戒指的這項功能自然還沒啟動。

所以北御前也很好奇，落進岩漿裡、被漿流拉入地底，小玖是怎麼讓自己平平安安，一點狼狽的模樣都沒有，反而比他們還要神采奕奕？

「北叔叔，我並不怕火。像這樣。」

端木玖取出一顆火石點燃，然後伸出手直接握住火石。

火石並沒有熄滅，但卻也沒有燒傷她，火反而從她指縫間冒出來。

她再放開手，一點傷都沒有。

北御前心念一動，握住她的手。

看似握住，其實在觸感裡，卻是像隔著一層什麼，讓他沒有真正碰觸到她的手。

「這是……」

「我把丹田裡的力量，放在全身表面上，就可以避火了。」端木玖嬌憨地一笑，眼神有點狡黠。

北御前真的愣了一下，才好氣又好笑地回過神。

「小玖，這就是魂力。」

從她恢復神智到現在才短短幾天，她就能運用魂力保護自己。小玖不是廢物，是天才！

「這就是魂力了嗎？」端木玖修練的，是前世她學過的心法，沒想到以前稱的「靈力」，到這裡就變成「魂力」了。

原來是一樣的東西呀。

「魂力，是身體吸收靈氣、去蕪存菁後，蓄積在體內，成為自己力量；而後經過淬煉再淬煉，不斷累積增加、運用，不斷突破自身，就會累積得愈來愈多，成為自己的實力。」

「突破，就是指北叔叔以前說的魂師的階級，對吧？」端木玖理解得很快。

「我以前說過的妳都記得？」北御前驚訝。

「嗯，記得。」端木玖點點頭。「雖然當時我不會說話、也不會回應，可是我恢復之後，全都記得。」

北御前驚到了。

傻傻的孩子恢復正常後……都像他家這個，這麼的……天才嗎？

還是她這種情形，是不正常的？

「妳恢復之後，有沒有覺得哪裡不舒服？」北御前立刻關心地問。

「北叔叔，我很好，你不用擔心。」端木玖有點哭笑不得。

北叔叔在想什麼都寫在臉上了，想太多啦！

「沒事就好。」北御前這才放心，摸摸她的頭。「那之後，妳就在岩漿底下，遇見那顆石頭？」

「不只是磊，其實還有焱……」省略和焱過去的淵源，端木玖只簡單地說，她將火種和石頭一起帶出來。

北御前卻聽得若有所思。

火山下的火種，應該算是一種異火了吧。

異火被帶走，難怪岩火山停止爆發，四周的溫度很快就下降了。

「從地底跑上來的時候，我還撿了很多東西。」端木玖說著，就拿出好幾種礦石結晶，每種一點點，就足夠擺滿一半床了。

北御前愈看愈驚訝！

紅色的石頭，比奎一拿回來的岩火石純度更高。

暗紅色的石頭、暗紅色的晶沙。

藍色、白色的晶礦、半透明的火石、黑色的石頭……

其中最珍貴的，是一種細如雪花的黑色晶沙，名為「黑雪礦」，至少需要十萬年才能形成。

這些石礦，少見而珍貴，有些在煉器師眼裡，甚至比一隻神獸更加珍貴；尤其是黑色晶沙，根本是傳說中的傳奇晶礦。

曾經有煉器師說過，黑雪礦的存在，可以加速魂器成形，並且能加重攻擊與防禦功能，甚至能讓魂器成長……

雖然最後一點只是傳說，但是有這種可能性，加上黑雪礦的罕見，就足夠煉器師們瘋搶了。

「這個，名為黑雪礦，不要隨便拿出來。」北御前特別強調。

端木玖手一揮，立刻收起來。

「那這些，請北叔叔幫我交給仲叔叔，是謝禮。」謝謝他為北叔叔這麼盡心盡力。

端木玖只是聊表心意，北御前卻有點糾結了，不過還是把那些可以占滿半個床的晶礦收起來。

「給奎一沒關係，但這些東西，不要輕易拿出來，也不要隨意送人。」北御前開始有點擔心自家小女娃的金錢觀念了。

這些礦石比金幣值錢多了。

但是他家的小女娃好像對金幣很執著，對礦石很土豪，隨便一送就是一堆。

難怪奎一每次說到小玖的「志願」就想趴地不起。

「好的，北叔叔。」端木玖超級乖巧地回道。

北御前頓時覺得自己剛剛一定是多慮了，他家的小女娃那麼乖巧，根本不用他太操心。

不過這一趟岩火山之行，收穫最多的，一定就是小玖。

簡直是冒險、撿寶兩不誤！

收完床上的礦石，北御前拿出一個小空間的儲物戒遞給她。

「這是從奎一那裡分到的岩火石，妳收起來。還有，裡面也放了我從奎一那裡拿來有關煉器師的幾本書，妳可以先看一看。」這種小空間儲物戒不用認主，任何人都能使用。

「北叔叔，謝謝你。」端木玖吶吶地道。

北叔叔替她想得太周到了呀……她以前都是自己管自己，就算是父母也沒有替她操心得這麼仔細……

北御前只是笑著搖搖頭。

從昨天到今天，他開始有點了解「正常」後的小玖。

她很聰明，有一點彆扭、有一點會整人的小惡劣，但有更多的獨立，同時又很大膽、很細心、很精明，卻又有一點大智若愚的爽朗。

……他都不知道自己會養出這樣一個小孩啊！

「在地底下得到火種，妳能使用嗎？」

「可以。」

「那就好。」找異火的事可以不用急了，但也不必取消。

如果奎一有異火的消息，火焰如果比這個更好，再想辦法換！現在還有一件事要決定。

「小玖，妳想回帝都嗎？」

「不想。」她立刻就搖頭。

「妳氣端木家族，當年把妳趕到這裡來嗎？」

「沒什麼好氣的，對我來說，我的親人，現在只有北叔叔一個——哦，不對，還有一個大哥。」差點把某人給忘了。

雖然還沒真正見過，不過她記得，那個少年在帝都裡護著她，又從帝都千里迢迢，將她送到西岩城的手足之情。

但是對於端木家族，她就沒有多少感情了。

血脈之情，抵掉那些苛待和貶謫，她就當端木家族是陌生人。這樣比較自在。

如果硬要扯上親情，她會忍不住想先算算某些人趁她不懂事的時候欺負她的帳，然後再來討論有親情沒親情這件事。

但在北御前眼裡，小玖沒有恨端木家族，是很寬宏大量的。

除了姓氏，端木家給小玖的，只有那每個月的嫡系子弟該領的資源，而由於小玖不能修練，端木家也自動將跟修練有關的資源都減掉了，只剩下一些作為生活費用的財物。

但到後來，是連生活費也沒有了。

站在旁觀者的立場，北御前可以理解端木家族的這個決定。

但是站在小玖保護者的立場，他對端木家族完全沒好感！

虧待小玖，就是與他為敵；他不打上門就不錯了，難道還會替端木家族找理由？

所以對於端木族長的決定，北御前壓根兒沒打算要聽。

只是他必須了解小玖的想法，才能決定作法。

「對於婚約，妳有什麼想法？」北御前問。

婚……約……

聽到這兩個字，端木玖就覺得頭上滿滿是黑線。

她現在才十五歲，要嫁人也太早了吧！

而且就算要嫁人，她也沒打算聽任何人的安排，或是嫁給一個根本不認識的人。

她是打算「叛逆」的，就怕北叔叔有別的意見。

「可以不理它嗎？」看著北叔叔，端木玖一臉期待地問。

「可以。」北叔叔很乾脆地點點頭。

耶——還沒高興完，北叔叔又補了一句——

「但是，本家還是要回去。」

也就是說，他們還是要準備回帝都了。

「為什麼？」

「因為，那是妳父親的家族。」北御前看著她，「小玖，妳可以討厭端木家的任何人，但要記得，端木家畢竟生養過妳的父親，妳生來就是端木家的一分子。將來如果妳有別的想法，那也要記得，身為妳父親的女兒，妳做任何事都要理直氣壯、堂堂正正，不能逃避。」

如果小玖沒有恢復正常，北御前不介意帶著她，遠離端木家族的人。

但是小玖不再是傻子，更不再是一個沒有自保能力的人。

那她就應該要有身為她父親的女兒必須有的傲氣與尊嚴。

她能明白嗎？

「北叔叔，你希望我就算不接受婚約，也要親自到帝都當面拒絕族長的安排，對嗎？」端木玖一下子就明白他的意思。

「對。」北御前點頭。

她想了想，很認真地問：「我能拒絕嗎？」

表面上看來，對於族長的命令，她身為端木家族的一分子，是不能違抗的。

如果要強行拒絕，應該就是會被罵、被揍、被關，被用暴力妥協，逼得她不得不聽話。

為了避免自己落到那麼悲慘的遭遇，她就得有能從端木家平安走出來的方法。

端木家族能名列三大家族之首，其底蘊與勢力不容忽視。

端木本家裡，更不知道還有多少天階，甚至是聖階高手。只憑北叔叔，他們是沒辦法平安從端木本家離開的。

「要拒絕家族的命令，首先，妳必須有天階的實力。」

「……天階？」她好像感覺到頭上有一片烏雲罩頂。

「大陸公認，天階以上高手，視同貴族，除非自願，否則就算是家族長輩，也不能逼妳做任何事。如果真的有衝突，妳也可以獨立在家族之外，憑實力生存、接受任何勢力的招攬。」

端木玖突然覺得，當一名高手很不錯。

因為這裡對高手有各種優待呀！

但是聽起來……好像在利誘喔！

「北叔叔，你是接受仲叔叔的建議，打算要拐我努力修練、立志當高手了嗎？」端木玖懷疑地問。

北御前失笑。

「那妳會被拐嗎？」

「不會。」

「小玖真有主見。」北御前有點感嘆。

突然有點懷念那個只會一直聽他說話，不會有任何拒絕的小玖了。

「謝謝北叔叔的稱讚。」無視北叔叔的糾結，端木玖決定把這句話當成讚美了。

「……」突然發現，自己竟然好像養出一個很難纏的小孩。

北御前覺得自己頭上彷彿飄來一朵烏雲。

將來某人要是看見他家的寶貝女兒變成一個叛逆少女，會不會想一拳把他揍到天邊去？

「北叔叔？」怎麼看起來一副受到什麼打擊的模樣？

「小玖，妳不喜歡修練嗎？」北御前有點擔憂。

原本他沒想過要逼小玖做什麼，而是她想做什麼，就做什麼。

但是現在的現實，卻是要逼小玖修練了。

就算他可以用生命保護小玖，但如果他不在了，沒有自保能力的小玖就會任人宰割。

那是北御前絕對不願意見到的事。

「喜歡啊。」

「那妳之前說的……呃……」北御前突然領悟了。

小玖說：她的志願，是賺很多金幣。

但她從來沒有說，不修練。

小玖說：她想當煉器師。

但那不代表，她就不會成為一名強者。

「……奎一如果聽到妳這句話，一定又要趴地了。」他的小女娃把他的好朋友耍得團團轉怎麼辦？

他要大義滅親嗎？

「仲叔叔是好人哪。不過他對人的態度，差別很大。」想到仲叔叔高、酷、傲的表現，真的有嚇到別人哪。

「奎一本來就是那樣的人，以他的身分不管去到哪裡，都會令人敬畏。奎一只在認定的自己人面前，他才會變得風趣。」同時，奎一也是一個率性的人，所以才沒有接受任何人的招攬。

「仲叔叔的身分很高嗎？」

「煉器師在大陸上，是屬於少數人，但卻是人人都想巴結的存在。

「簡單來說，一個家族如果只有十名有天賦的魂師能晉升成為天魂師，那麼透過煉器師所煉製的魂器，就很可能會造就出二十名有天魂師實力的人。

「這樣一來，你會輕易得罪一名煉器師嗎？」

就算不能招攬，只要能交好，請煉器師煉製出適合的魂器，就能發揮出比自身魂階更高的實力，在對敵的時候也就多了一分勝利和活命的保障。

相反地，如果得罪一名煉器師，煉器師不需要親自報仇，只需要用煉器交換，多得是人願意為煉器師效命。

得罪一個煉器師，差不多也等於得罪一堆人。

這樣一來，煉器師能不被人敬畏嗎？

「難怪那兩個長老，面對仲叔叔囂張的態度，也一點都不敢生氣。」端木玖再一次覺得，這個世界真的好有趣。

很厲害的人，會受到很多優待。

有特殊才藝的人，更是會受到很多尊敬耶！

這麼明顯的優待，果然是橫著走的最佳利器。

「除了這一點之外，奎一還是煉器師公會的人。如果妳加入煉器師公會，就算不是天魂師，端木家族的人也無法逼妳做任何事了。」

煉器師公會在所有公會裡，人數是最少的，但卻是最不好惹的。

比高手，也許他們比不上其他家族。

但是論魂器能不能摧毀一個家族，煉器師公會不介意用事實告訴你：能。

這是一個讓端木玖完全不用太努力的捷徑。

只要她會煉器、通過煉器師公會的測定，即使只是一星煉器師，也夠讓端木家的人開始敬畏她了。

「北叔叔，你這是在拐我加入煉器師公會嗎？」端木玖好想笑。

因為她想到大野狼了。

「妳要加入嗎？」

「以後不知道，現在不要。」

「為什麼？」

「北叔叔，我知道借勢是可以省力的好辦法，可是任何時候，只有自己的實力，才是一切的根本。世上沒有白掉下來的好處，我不想貪小便宜，反而惹來一堆麻煩。」

沒錯，在端木玖眼裡，煉器師公會，就等於麻煩。

加入煉器師公會雖然有好處，但也等於她得受公會所管轄。

這種像「賣身」的事，她才不幹！

再說，有人的地方，就有爭執。煉器師公會裡人再少，也不可能每個人同一條心。

否則仲叔叔哪會提都沒提過公會的事？

「妳真的認為，實力才是一切的根本？」北御前再一次確認。

「是。」她點頭。

「妳想變強？」

「我會變強。」不是「想」，而是「會」。她的命運，只會掌握在她自己的手裡，不會交給任何人。

她一臉堅定的表情，讓北御前笑了。

「小玖，妳很好。」

「？」北叔叔怎麼突然稱讚她了？

「修練，可以說是一條孤獨的路，會遇到各種考驗和困難，如果沒有信念、沒有堅持，是走不遠的。」

「因為，我想快樂地生活嘛！」為了這個目標，她會努力！

她的願望，聽起來很單純，但事實卻不容易。

在這個強者為尊的大陸，弱者是沒有發言權的。

她想要自由自在、不受約束，實力強悍只是過程，並不是最終目的。

所以仲叔叔一直鼓勵她要努力修練、要立志成為頂尖強者，可是那真的不是她想要的呀，真是對不起仲叔叔的好心。

「妳的願望，比奎一說的還要難。」北御前一聽就明白她的意思。

這該說什麼呢？初生之犢不畏虎？

因為年輕、因為還沒見識過太多的生死和難關，所以覺得一切都很容易，所以覺得只要是自己想的，都一定可以實現？

「北叔叔，那是我的目標嘛！也許離得遠了一點，但是一步一步走，有一天會走到的，你不要打擊我啊！」好歹她是他養大的，要有一點慈愛的心，不能潑她這個小孩的冷水。

北御前噗地一笑。

「對，要一步一步走。那妳的第一步是什麼？」

「先把武器做出來。」握拳。

「哦？」他有點意外。

「實力，不是一天兩天就能突然變很強的，在那之前，還是要保護好自己呀！所以煉製一把適合自己的武器，才能安全加倍。」

「有道理。」他點點頭，很贊同她想的。「妳有自己的打算，那我就支持妳。現在，我先把戒指的秘密告訴妳。」

「戒指的……秘密？」這感覺，真像踩到潘朵拉的盒子，一打開，是幸運、是惡運難以預料。

北御前笑著看她一臉糾結，眼神有些懷念。

「這個戒指，是妳的母親特地為妳煉製的；妳的母親，也是一名煉器師。當時她說，這只戒指在滴血認主後，會自動隱匿，沒有人能察覺；但是要能真正使用戒指，則必須要有魂力。而且是必須承繼自妳母親血脈者的魂力，才能開啟戒指的功能。」

這只戒指，是小玖的母親在懷孕時煉製完成的，在小玖一出生的同時就立刻滴血認主——或者說，被放血，強行認主了。

現在還差的一步，就是魂力。

端木玖聽得有點迷糊。

「我不懂。」

「我也不懂。」北御前一笑。「妳的母親說了那麼多，其實重點就是，這只戒指，只有妳能開。」也只有她能使用。

據他所知，小玖的母親對這只戒指加了許多禁制。

如果是別人的儲物空間，只要持有人死亡，別人就可以輕易抹消掉前主人的印記，將儲物空間占為己有。

但這只戒指卻不行。

這只戒指要能使用，不但需要兩道程序，而且一旦認主後，主人亡，戒指便會自動銷毀，一點便宜都不留給別人撿。

「可是，要怎麼用魂力認主？」

「妳照著我的話做。」北御前教她：「先沉下心神，感覺體內的力量，然後控制這股力量，輸入戒指……」

北御前話還沒說完，端木玖的右手指上，就閃過一道強烈的亮光。

北御前當場錯愕。

他還沒說完，小玖就已經成功了。

果然不愧是那對夫妻的女兒！

第十八章　天塹森林的怪老頭

西城區，是西岩城內平民的居住區，城外的練武場，平常罕見人影。

但這幾天，練武場卻每天都來了三個人，外加一隻小魔獸。

場上，有兩道身影正在進行對戰。

紫色的身影高大挺拔，手持黑色長槍，一揮一進間，充滿肅殺與霸氣。

粉色的身影嬌小靈活，一手握著銀色短匕，遊走攻守之間，進退得宜，並且身法極快！令人難以捉摸。

而第三個人，則坐在一旁場外的空地，地上還鋪著一層防水布，布上擺滿了茶水與點心。

他邊享用美食，還邊看著場內兩人的打鬥，自得其樂地評論。

「嗯，阿北的長槍，真是利於攻擊呀！」

「短兵器用在單人對戰時，其實有點吃虧，如果不近身打鬥，根本發揮不了作用。」

「赫，橫掃千軍！阿北的長槍真是威力萬鈞。」

「咦，這什麼步法，變幻好快，根本讓人攻擊不到。」

「哇哇，近身了近身了，匕首一揮……」

「鏗！」一聲。

長槍回擋在左側，只差三公分，匕首就削中頸間了。

「這樣也擋得住？長槍有這麼好用啊！」

接下來一招，紫色身影告訴你，長槍不只好用，還很好反擊。

反手向前一揮！

短匕對長槍，怎麼看都是擋不住。

但一擊不得手，粉色身影半點也不遲疑，迅速後退，根本不打算擋，反而順勢且及時地躲過長槍接下來的揮擊範圍！

「好！」

好靈活的反應與身手，差點讓一旁的觀眾——他，看呆了。

紫色身影沒有繼續追擊，身下魂師印一現，手上黑色長槍頓時散發出一股迫人的氣勢。

「震！」

整個練武場上，空氣為之一滯，緊接著連地面都開始震盪。

「噗。阿北竟然用魂力攻擊了！」

粉色的身影立刻旋身騰空，同時另一手上出現一只銀色手槍，槍口瞬間瞄準黑色長槍。

「砰！」

她身下好像閃過一道什麼圖騰。

紫色身影立刻飛退閃避，同時震動也停止。

兩個人同時停下手，緩緩落定在場上。

長槍、銀槍、匕首，各自收起。

兩人一停手，趴在角落的小狐狸立時一動。

紅光一閃，牠就出現在粉色身影的懷裡。

武場邊傳來一陣響亮的鼓掌聲。

「精采，真是精采。」啪啪啪……

身為觀眾，仲奎一真的非常盡責，要給認真的人鼓勵鼓勵。

那天晚上喝完酒後，隔天醒來，仲奎一才知道阿北竟然和他家小姑娘講悄悄話到天亮。

簡直是放閃光的「父女談心」哪！

讓他頓時一陣羨慕嫉妒。

阿北這個話少的人，竟然可以和人聊天一整夜，簡直不可思議！

怎麼跟他一起喝酒的時候，就是話少的他講了十幾句阿北才回一句，常常放他一個人寂寞地唱獨角戲。

不公平！

抱怨完，他回去忙店裡的事，聽說小姑娘自己關在房間裡兩天，然後就開始每天到練武場接受阿北的訓練，他立刻決定每天來圍觀。

只短短三天，小姑娘面對魂力的攻擊，與她第一次和端木晴打鬥時，只能避、擋的被動防守相比起來，現在的小姑娘已經變成能在對方出手的時候，直接找機會反擊。

完全化被動為主動。

不得不說，小姑娘在戰鬥方面挺有天分，她好像對戰鬥有一種天生的本能，能夠在劣境中，很快找到反制的機會。

尤其是小姑娘使用的那個武器——仲奎一實在想不懂，為什麼小姑娘會煉製出那樣一個武器啊！

偏偏她用得很順手。

但不可否認的是，小姑娘很能發揮這個奇怪武器的威力。

在仲奎一眼裡，這個奇怪武器的最大特點，就是小、快、難以捉摸。

簡直就是暗殺的最佳利器！

「阿北，你家的小姑娘進步得很快呀！」等兩人走到場邊，仲奎一立刻稱讚地說道。

「不是進步，應該說，小玖更熟悉了怎麼與一名魂師對戰。」北御前坐下來，先拿一杯茶遞給端木玖。

「謝謝北叔叔。」端木玖抱著小狐狸，先喝一口茶後，沒喝完的半杯，小狐狸喝完了。然後洗杯子。

「感覺怎麼樣？」

「差不多了。」

「準備好了？」

「嗯！」

「決定了？」

「嗯！」

「等等，你們在說什麼？」聽著這兩個一來一往，簡短到不行的問答，仲奎一有聽沒有懂。

「仲叔叔，我要走了。」端木玖很感傷地說道，一副此去經年，從此山水各天涯的憂傷樣。

「……」現在是什麼神發展？

仲奎一滿臉茫然地看向北御前，眼神有點被嚇到；北御前很努力保持面無表情，沒有笑出來。

「就是，小玖要走了。」

「走了？」仲奎一好不容易終於聽懂這兩個字的意思。「她跟你，你們兩個人要走了？」

「不是，是小玖一個人。」

「她一個人?!」仲奎一立刻轉回頭。

只見端木玖滿足地吃點心，還一邊餵小狐狸，現在哪裡還看得出來剛剛那副泫然欲泣的模樣？

仲奎一深深感受到，自己好像被耍了。

第二個感覺是：不要把一隻火狐狸魔獸當成小狗養啊！那種東西牠可以自己吃的。

但是小狐狸看了他一眼，讓他直覺，他最好不要把剛才想的話說出口。還是繼續原來的話題。

「小姑娘，妳要去哪裡？」

「帝都。」

「妳要去嫁人?!」仲奎一直覺反應。

結果惹來一大一小兩雙白眼，外加一隻小魔獸的鄙視。

「只是隨便說說、隨便說說。」仲奎一訕訕著表情咕噥：「誰叫你們不說清楚，我才會誤會。」

「小玖想一個人通過西星山脈，回帝都。」北御前終於善心大發，一句話講明白了。

「一個人？」但是仲奎一聽了就皺眉。「阿北，最近西星山脈『正熱鬧』，這個時候讓小姑娘一個人去，可以嗎？」

「這是小玖的決定。」

好吧，仲奎一覺得自己不能太冀望這個疼小姑娘疼到沒什麼原則的好友會做出什麼正確的反應。

「小姑娘，西星山脈，是橫跨天魂大陸的兩大山脈之一。不但幅地遼闊，中間更是無數森林、河川、山谷、絕壁，各種地形交錯穿插，只要稍不小心就會迷路；同時山脈裡更是棲息著各種魔獸，充滿各種危險，妳知道嗎？」

那裡不像西岩城外的那個樹林那麼小，只要兩、三天就能走完，還可以中途紮營當玩耍。

真正的西星山脈，是會讓人沒命的。

「知道。」

「那妳還是要一個人去？」

「嗯，一個人去。」端木玖點點頭。

「很危險的！」

「有危險，才有金幣！」端木玖的表情，好像金光閃閃。

「……」等等，這是誰給她的錯誤觀念嗎？誰說危險等於金幣?!

「小玖在到達赤地之前，一路殺了不少魔獸，拿回許多獸晶、皮、骨等等，去換了不少金幣回來。」北御前默默解釋了一句。

仲奎一瞬間秒懂，嘴角抽了抽。

所以小姑娘堅持一個人就是為了多打一些魔獸好換金幣嗎？有沒有這麼愛錢的啊！

「但是阿北，西星山脈裡可是有高星魔獸的。」魔獸都是有天賦本能的，七星以上的魔獸，實力高過六星至少兩倍，放小姑娘一個人去，真的安全嗎？

「高星魔獸的獸晶，值更多金幣。」北御前說道。

「嗯！」端木玖用力點頭。

仲奎一瞪阿北。

他到底是為誰擔憂為誰著急來著？

他當然知道高星魔獸的獸晶值更多金幣！但這個是重點嗎？

「北叔叔，我要去買東西。」仲大叔好像愈來愈愛操心了耶，還是交給北叔叔好了。

「金幣夠用嗎？」

「夠。」

「天黑前記得回家。」

「好。」抱著小狐狸，端木玖快閃。

仲奎一很無語地看著小姑娘一副逃命樣地跑掉，頓時嘴角一抽，再度無語地瞪著阿北。

他這麼認真在擔心，結果小姑娘很嫌棄?!

「奎一，小孩子總要長大的。」

「這個道理我當然知道，但是現在就讓小姑娘一個人上路，你真的放心？」

「嗯，很放心。」

真的嗎？仲奎一不太相信。

但是不久之後，他就知道為什麼了。

◈

天魂大陸上，有兩座橫跨大陸的山脈。

依座落方向被命名為東星山脈、西星山脈。

兩座山脈以類似「Ｖ」字形的型態，交接著大陸南端，將整個大陸的土地切割為三部分。

西星山脈以西，稱為西州；西岩城就是西州大城之一。

東星山脈以東，稱為東州。

而被兩座山脈包圍在中間的土地，就稱為中州。

帝都便是中州最繁榮、面積也最廣大的一座城。

山脈的分隔，不只區分出三個地域，也區分出最廣闊富庶的中州，與狹長貧瘠的東、西兩州。

這個差別不只在地理位置上，也在於天然資源、生活的資源等等。

所以東、西兩州，就成為各大家族子弟最不想去的兩個地域，慢慢演變成家族的流放地。

西州與中州雖然只隔著一座西星山脈，但以直接最短距離來計算，快走一個月的都不見得能通過這片地域。

更何況其中地形錯綜複雜，有許多地方都必須繞道才能通過。

這樣想來，如果中途完全不耽擱，兩個月能通過西星山脈到達中州，已經算是老天有保佑了。

至於到達中州地界，距離帝都還有多遠？

端木玖的答案是：等到了中州再說。

「吼……」

「咻！」

一陣魔獸的狂吼，終止在一只飛來的匕首，刺入最致命的頭骨處。

一擊斃命，魔獸頓時倒地。

身著粉色鎧甲裝的端木玖，這才從半空中落下來，緩緩走向倒地的魔獸，半途卻又突然頓住。

「咻！」

再一柄飛刀，刺入同樣的地方，直接將魔獸的頭骨分成兩半。

這下魔獸真的是死得不能再死了。

跑到樹上觀戰的小狐狸，這才跳落到端木玖的肩上，陪著她開始處理魔獸，快速將整隻魔獸分解。

一人一獸，從入西星山脈半個月以來，幾乎每天都要重複做好幾次這種事，模式簡直變成固定的了。

端木玖抱著小狐狸行進。

遇到魔獸攻擊，小狐狸自動閃開，端木玖對付魔獸。

魔獸打死了，小狐狸主動跳回來，端木玖處理魔獸。

而像剛剛那種情形，也是練出來的。

即使魔獸倒下，看起來很像真的死了，但實際上，有很多魔獸並不會真的被一擊就死，而是留著一擊之力求逃生或報復。

第一次碰到這種情況的時候，端木玖沒有防備，還是小狐狸突然撲開她，她才免於受傷。

從那次之後，她對付魔獸就更加小心了。

到目前為止，遇到的魔獸最高是六星，零戰敗紀錄。

手上的儲物手環裡，又存了不少獸晶和獸角之類的東西，讓端木玖很滿意。

唯一不能講究的是，進山脈半個月以來，她身上的粉色鎧甲，已經髒得快要看不清顏色，同時也有好幾處破損。

這些破損除了少部分是與魔獸對戰時留下的以外，大多數是因為行走山林間，被草木荊棘等割裂的。

「那邊有血腥味。」

「快去看看。」

才處理好魔獸，就聽見一陣人聲喊喝，端木玖抱著小狐狸，立刻閃身離開原地。

她才一消失，就有五個看起來是傭兵小隊的人跑過來，他們一眼就看見地上的魔獸，又仔細觀察四周，確定沒有人、不會有人來搶之後，幾人扛起只剩下肉的魔獸，就又速速離開了。

看到這裡，端木玖也轉身就從另一個方向離開。

這種情況在森林裡是很常見的。

森林裡食物缺乏，打到的魔獸除了留下比較值錢的部分，能吃的，就幾乎都會被當成食物很快吃掉。

這半個月以來，端木玖也遇到過好幾次這種狀況。

不過她都避開了。

在這種地方，其實最危險的並不一定是魔獸，更可能的是來自於同類的人。她是獨自上路，還是不跟那些人打交道更安全一點。

「小狐狸，我們該找地方過夜了。」

入夜的山林，遠比白天的時候更可怕。

端木玖已經很習慣在天色稍微暗下來時，就開始尋找可以過夜的地方。

依西星山脈的地圖來判斷，她現在應該已經接近天塹森林。

這份地圖，是仲叔叔熱心提供的，比一般地圖標註的詳細許多，市價非常高，也不是什麼人都買得到。

「所以，當一個煉器師，尤其是有名的煉器師，絕對是一個非常有前途的行業，去各公會買東西，別人都會自動給你優待。」這是仲叔叔的原話。

意思就是：所以妳認真學習煉器，金幣會有的、寶物也是有的、別人的敬畏更是大大的會有。記住嗎？

「我記住了，謝謝仲叔叔。」端木玖給他一個很認真的回應。

天塹森林，是因為天塹山谷而命名，整座森林的範圍，就是從山谷上流下來的「渡天河」流域。

從這裡再走大約兩里路，應該可以到達渡天河末端的一處支流。

「小狐狸，我們今晚就睡在河邊吧！」她對著懷裡的小狐狸說。

小狐狸很自動地跳上她的肩，這就代表牠同意了。

端木玖這才全速趕路，在天色完全暗下來前抵達河邊。

從聽見潺潺的水聲開始，端木玖就仔細留意四周的各種痕跡。確定這附近不是什麼魔獸的地盤後，她才在四周撒驅蟲的藥粉，圍成一小個安全的範圍後，再燃起篝火。

小狐狸從頭到尾都待在端木玖肩上，直到她拿出工具開始烤肉了，才跳下來，偎在她身邊坐著。

「小狐狸，你也是魔獸吧？」

「……」

「那你需不需要練習一下打架呢？」

「……」

「小狐狸，你整天都不太動，會不會愈來愈懶啊？」

小狐狸每天最大的活動，就是在她打魔獸時，跳到一邊，然後她打完了，牠再跳回來。

這運動量……完全不像魔獸好嗎！

小狐狸當然沒有回應她任何話，只是在肉烤好了的時候，直接等吃。

端木玖看得很無語。

養動物，果然就要侍候那隻動物吧！要餵食牠還要保護牠。

「來，你要吃哪一邊？」端木玖拿烤好的肉問牠。

小狐狸直接看左邊。

端木玖就拿匕首，直接削下整塊肉的三分之二，放到盤子裡，小狐狸就自動開吃了。

放了一鍋水在火上煮，然後把調料配料放進去，蓋起來悶燉，端木玖才開始吃自己的那一份。

四周除了潺緩的流水聲、篝火的燃燒聲，就只剩細微的咀嚼聲。

端木玖才吃了一半，就突然抬起頭。

小狐狸同樣抬頭。

一人一狐，就看著清澈的渡天河支流，飄來一個黑乎乎的東西。

浮屍？

端木玖才疑惑著，就見那個黑黑的東西慢慢撞上岸邊，「唔」地悶哼一聲。

「啊，到底了嗎？」

黑黑的東西，緩緩爬坐起來，還吸吸鼻子。

接下來的河面，橫躺著過不去，難怪撞岸了。

「嗯？很香！」

「哇！」端木玖被嚇了一跳，直覺就把小狐狸抱在胸口。

黑黑的東西站起來，原來是個人。

而且，黑黑的東西很高！

誰教端木玖的個子實在不算高，所以對於讓她必須抬頭仰視的人，特別敏感。

頭髮以下是衣服，但是頭髮以上，黑黑灰灰，只看到一顆蛋圓形的頭。

這是正面還是背後？

蛋圓形的頭歪了一下，兩顆眼睛從黑黑灰灰的髮縫間露了出來。

「很香。」他再一次說。

然後轉過頭，兩手開始拉、拉、拉。

一條半透明的線隨著他的動作不斷出現，伴隨著的，是一條條銀鱗白頭、約有半條上臂長的魚。

目測超過二十條。

每隻都活跳跳！

拉到岸上來，還在那裡撲騰撲騰！

端木玖看得有點目瞪口呆。

這種魚她從來沒看過。

這種「捕魚」方法，也是從來沒看過。

人家釣魚，還要魚鉤魚餌，而他——用一條線?!

這個時候，黑乎乎的人終於撥開蓋住五官的凌亂長髮，露出一張——留著灰鬍子、看不清五官的臉。

然後開始挑魚。

這條好、留著，這條不好丟回河裡，這條不錯、留著……

這樣挑挑揀揀，經過他手的魚，不是被一巴掌拍死，就是被丟回河裡，最後留下十二條。

男人無視於端木玖圍起的範圍，直接拎著線，連同十二條魚拿到她面前。

「兩條魚送妳當謝禮，幫我烤。」不是命令也不是請求，他的語氣像跟鄰居借點鹽巴一樣平常。

「這是什麼魚？」

「渡天河特產，月銀魚。」

「月銀魚？」

「肉質鮮美、無腥味，烤熟連魚骨都可咬食，是天魂大陸上罕見的美味之一。」黑男人說得一臉垂涎。

「小狐狸，要吃嗎？」她低頭問。

小狐狸從她懷裡跳了下來，走向那堆魚，然後選出三條，再看著她。

這意思，端木玖秒懂。

「大叔，謝禮要三條。」

「可以。」黑黑的大叔非常乾脆，點頭了，就坐在一邊等，眼神掃過那隻火紅色的小狐狸。

小狐狸甩了下尾巴，赤紅色的眼瞳同樣掃了他一眼，再回到端木玖身邊。

端木玖在火堆兩邊放上「X」形的架子，然後看了看銀色的魚，稍微清理了下，就將線綁上架子，繞成兩排，放在火上烤。

沒過一會兒，月銀魚的香味就飄出來了，向四周擴散。

奇特的是，魚香一點腥味都沒有，只有很清新的香味。

不是花草香、也不是肉香，而是一種會讓人覺得想一聞再聞的香氣。聞著香氣，整個人都會覺得很有精神、很舒服。

端木玖有點驚訝。這魚好奇怪！

黑黑的大叔半閉著眼，神情好像很放鬆。

端木玖再看向小狐狸……一點反應都沒有。

「妳，很好。」黑黑的大叔突然出聲。

端木玖看著他，滿臉問號。

「月銀魚很好，但是煮熟牠的時候，卻會飄出一種令人著迷的香味，很容易讓人聞著聞著就失去意識，但是妳卻沒有被迷惑住，這表示妳的精神力很強大、很有主見，不容易被拐。」

「……」這語氣聽起來不太像稱讚耶。

難道她長得一副很好拐的模樣嗎？

「在森林裡，沒有人會笨到不提防陌生人的。」大概看懂她的表情，黑黑的大叔多說了一句。

端木玖黑線。

大叔的言下之意是，他明明是陌生人，她卻讓他坐在一邊，又隨便就答應幫他烤魚，要是他有壞心，突然攻擊她，她就糟糕了！

「不過，妳的狐狸很聰明。」

雖然被稱讚，但是小狐狸卻是一點都沒有理他，直接當他不存在。

但是當他一準備站起來的時候，小狐狸就緩緩張開眼，紅晶般的眼瞳直盯著他。

「大叔，你要吃魚嗎？」

「當然。」不然怎麼會特地抓魚，又要她烤。

「那就不要得罪臨時廚師——我喔！」

所以，大叔不要裝高深樣，現在烤魚的人是她，如果讓她心情不好，她會把魚烤焦的。

後果，大叔自己想。

黑大叔一聽，目瞪口呆。

「妳威脅我？」太不敬老尊賢了。

「這是禮尚往來呀。」端木玖笑嘻嘻的。

「……」他教訓她，她威脅他，扯平，是吧！

黑大叔這才真正張開眼，仔細看了她一眼。

「小姑娘真不吃虧。」

「因為虧不好吃呀。」

「……」說得真好真直白，連他都無法反駁。

「大叔，吃吧！」端木玖用火種已經用得很習慣了，對火候的控制更是得心應手。她把魚烤到剛剛好熟，魚鱗只染上一點點赤金色，就將魚取下來，放在盤子上遞給黑大叔。

「烤得不錯。」大叔很滿意，拿起一條魚，直接開吃。

吃完了魚，再配一壺酒。

大叔那張被鬍子蓋住的，只能看到一點點臉色的臉，突然開始變紅。

端木玖還沒吃，就一直看著他。

小狐狸則很快吃完兩條魚，然後繼續窩在她身邊。

「大叔，你生病了。」他的臉色變化，明顯不正常。

「差不多吧！」

「那你……」她突然住了口，眼神看向右邊，同時將自己那份還沒吃的魚連盤子收進儲物手環裡。

一會兒後，就傳來一陣腳步聲與交談聲。

「在這裡！」

「這次他跑不掉了！」

「請人幫忙，要有禮貌一點，妳別再那麼兇了。」

「如果他識相，我當然不會兇人呀。」

「妳喔……」

「別說我了，這次要是找到他，千萬不能再讓他逃掉了！」

聽到這裡，一行十餘人、外表年齡大約二十到三十歲左右的小隊就沿著支流走過來，出現在端木玖面前。

為首的一男一女，身上的鎧甲特別明顯，其他則是穿著統一款式的深色鎧甲。

這應該不是傭兵小隊，比較像貴公子、貴小姐出遊，帶一堆保鑣。

「七哥，他果然在這裡！」總算找到這個糟老頭了。「他竟然、竟然把魚吃掉了！」

貴小姐很氣憤，一直瞪著大叔。

端木玖看了她一眼。

聽聲音語氣、看長相，她很自動把這個女人歸到端木晴那一類。

不過跟她一起來的男人好像有點腦袋。

「打擾兩位，在下歐陽明寬，這是舍妹。」他有禮地說。

黑大叔繼續吃魚喝酒，端木玖喝湯，順便看了大叔一眼。

大叔，這來找你的吧！

我不認識他們。

大叔用眼神回道，兩人都沒理他們。

但是，「歐陽」。

一聽就知道這群人的來歷了。

被無視的歐陽明寬沒說什麼，但是歐陽明敏很生氣，正在罵人的時候，突然看到火堆旁，綁在烤架上的東西。

「七哥，那個！」歐陽明敏就要衝過去。

歐陽明寬拉住妹妹，示意她稍安勿躁，然後向前幾步，但是沒有走進端木玖劃出的範圍。

確定自己沒見過這位姑娘，再由她身上的衣服判斷，她應該不是來自什麼大家族之後，他才開口。

「請問姑娘，烤架上的月銀線，是妳的嗎？」

原來這條半透明的線叫「月銀線」啊！不會是只用來釣月銀魚的吧？

端木玖猜想了下，對著他搖頭。

「不是。」

「那能不能請妳說服那位前輩，將月銀線借給我？或者賣給我也可以。」歐陽明寬緩聲說道。

「我跟大叔不熟。」

「……你們不是一起的嗎？」

「我幫他烤魚，他送我魚，只是交易。」

「那能不能請姑娘將魚賣給我？」

「烤熟的魚……賣給你？」端木玖很懷疑。

難道這群人很餓，非常想吃烤魚？

「不是，沒有活的嗎？」

「在那邊。」端木玖指向河裡。

「姑娘這是在開玩笑嗎？」歐陽明寬沉下臉。

「我說的是實話。」端木玖也沉下臉。

不要以為只有他會變臉，她也會的。

「姑娘，我們的目的只在月銀魚，並不想為難妳，希望妳也能配合，將月銀線交給我。」

「如果我不肯呢？」

「那我們只好自己動手了，到時候如果有誰受傷了，也只能自認倒楣。」

端木玖偏頭看著他，「你這是在威脅我嗎？」

「我歐陽明寬還不至於威脅一個小姑娘，只是勸妳想清楚而已。」想清楚她值不值得為一個陌生男人、一條月銀線，得罪歐陽家。

「歐陽明寬，你竟然在威嚇人家小姑娘，這是仗勢欺人嗎？」

第十九章　初會三大家族子弟

又一個小隊來到。

同樣是一群外表年齡二十到三十歲之間的小隊，為首的三人穿得特別華麗，其他人同樣是統一款式的鎧甲。

「你們怎麼也來了？」歐陽明寬臉色只變了一秒，就回復正常。

「當然是聞香味來的。」來人微笑地說。

月銀魚的香氣雖然不濃，但是卻可以傳出很遠；這麼特殊的香氣，他們一聞就知道這裡有人抓到魚了。

「歐陽七哥，對方只是一個小姑娘，你們這麼多人這樣威脅又嚇人，不太好吧？」三人之中，看起來年齡最小的女子說道。

「蘭妹妹，我們歐陽家要怎麼做事，似乎輪不到妳來插嘴吧！」歐陽明敏立刻反駁道。

「我只是覺得嚇人不太好……」她小聲地說著，躲到自家哥哥後面。

「歐陽小姐，舍妹並無惡意，請勿見怪。」接著轉向歐陽明寬，笑著說道：「看來你們找到月銀線了。」

「我們是找到月銀線了，你們現在……不會想來搶我們的吧？」歐陽明敏防備地說道。

「我們當然不會搶，不過看來你們也還沒有拿到線，我們公平競爭總是可以的。」說完，來人立刻轉向端木玖，「姑娘，在下公孫愈，這是家兄公孫慕、家妹公孫心蘭，如果姑娘能幫我們借到月銀線，或者抓到月銀魚，要多少代價請儘管開口。」

這兩隊人，都是一來先報家門，而且態度都很自豪。

就憑自己家的姓氏在大陸上的分量，別人應該聽過他們，他們就不一定會認識別人。所以兩隊人都沒有想過要問她的名字。

他們的目標只在月銀線，至於這個小姑娘是誰，一點都不重要。

「線是大叔的，抓魚找大叔。」端木玖指向旁邊那個吃完九條魚、喝了兩壺酒，一臉酒足肚飽的黑老頭。

「沒空。」大叔直接回道。

「那請問你……」

「我要睡覺。」躺平，熟睡。

端木玖：「……」大叔睡著得真快！

但是要睡之前至少把月銀線收回去啊！擺在這邊是要讓那兩團人來搶嗎？大叔真不負責任！

同時，現場兩隊人的臉色呈現各種憋悶。

這人是根本不想理他們吧！

「七哥。」歐陽明敏暗示自己的哥哥。

他們禮貌過了，既然不行，就動手！

很顯然，另一夥人也有跟他們一樣的想法。

「你們兩團人，打算當強盜嗎？」看見他們的表情，端木玖瞇了下眼，一手放在月銀線上。

「既然那位大叔已經睡了，也不方便吵他；不如姑娘把月銀線借我們一下，只要抓到月銀魚，我們馬上歸還。」公孫愈試著說服她。

「是借給你們？還是借給你？」端木玖反問。

「姑娘如果肯借，公孫愈感激不盡。」這就是回答她，是借給他了。

而不是借給他們公孫家和歐陽家，兩家人。

「哦……」端木玖還沒說什麼，歐陽明寬就開口了。

「公孫愈，是我先來的。」要借也應該先借他。

「我們來的時候，你們還沒借成，既然這樣，當然是各憑本事。」這可沒有誰先就誰得的道理。

「月銀線是我們發現的，自然要先歸我們。」歐陽明寬說道。

「那就要看姑娘想借誰囉。」

兩方注意力又放回端木玖身上。

端木玖玩著線。

「為了我個人的安全，不被你們其中一隊人攻擊，我覺得你們自己商量好再告訴我會比較好。」

「既然如此，月銀線就交給我吧！」森林裡傳來朗聲一句，接著兩道偉岸的身影就出現在眾人面前。

「端木傲。」認出來人，歐陽明寬和公孫愈臉上的表情同時一變。

端木傲的魂階，比他們高！

而聽到這個姓氏，端木玖特地多看了來人一眼。

和歐陽、公孫兩隊人，身上乾淨清潔、一看起來就像出巡的公子哥兒不同，端木傲身上的鎧甲與披袍，都明顯看得出是舊的，而且還有戰鬥過的痕跡。

他沒有出門帶一堆人，而是只有一個隨從跟著他。

端木傲只對他們點了一下頭，就直接對端木玖說道：「月銀線給我，我保妳平安。」

歐陽明寬和公孫愈對視一眼，表情同時一沉。

「四少，你這樣是不是太過分了？」歐陽明寬說道。

「你也可以。」只要夠實力。

歐陽明寬和公孫愈頓時被堵得很心塞，心裡不約而同開罵——

「在這裡威脅我們算什麼男人？你以為就只有你天分高、實力強嗎？有本事你和我家六哥（三哥）比啊！」

端木傲抬步就要走進營地，他身後的隨從卻忽然開口。

「四少，請等等。」

「嗯？」端木傲轉回頭。

隨從向前，低聲在他耳邊說了一句，端木傲眼神閃過驚訝。

「你確定？」

「不確定，但……有可能。」

端木傲又看著端木玖，仔細回想十年前的記憶，但實在想不出什麼印象。

他唯一記得的，是她很小——還沒五歲的小孩跟當時已經常在外歷練的他實在是玩不在一起。

他對九妹最大的印象，就是她有個很強的護衛、六弟很疼她，聽說她是傻子，從出生後一直沒開口說過話，也無法修練。

因為想不出她小時候的長相來跟現在作為對照，他乾脆直接問了——

「妳是端木玖？」

端木玖眨了眨眼。

「你認識我?!」

「如果妳是端木玖，來自西岩城，那我就是妳的四哥，端木傲。」他自我介紹。

「四哥?!」她又眨了眨眼。

但是他的話，其他兩隊的人都聽到了，每個人的臉上都是一陣錯愕。

九妹？端木玖?!

這名字他們太熟了啊！

三大家族子弟，就算不知道這個人，也一定會聽過這個名字。

雖然因為這個人離開帝都許多年，現在已經少有人會提起，但是每次提到端木家的事，就一定會提到這個名字。

天魂大陸第一魂師家族，有天魂大陸第一廢材子弟。

這個事實足夠讓其他兩家人記很久說很久，沒事還能拿這個來當話題聊很久。

只能說，歐陽家和公孫家的人，因為家族名聲被壓制太久，遇到有端木家的笑話可看的時候，是絕對不會輕易放過的。

「她是端木……玖?!被流放到西州的那個？」公孫心蘭有點結巴。

「那個傻子廢材?!」歐陽明敏直覺反應。

端木傲看了兩女一眼。

兩女的兄長們頓時有點汗顏。

妹妹，打人不打臉。嫌棄人的時候除非準備跟人家翻臉了，否則不要當面講出來啊！

但是，端木玖，那可是「傳說中」的人呢！

「舍妹失言，請勿見怪。她就是……九小姐？」歐陽明寬趕緊補救，對著端木傲問道。

「初次見面，九小姐。剛才多有失禮，請見諒。」公孫愈就有眼色多了，覺得人應該沒錯，直接補打招呼。

三大家族實力有強有弱，但身為同輩、又是嫡系子弟，大家身分相當，如果她是端木玖，當然不能再當她是一般小姑娘一樣對待了。

態度必須端正一點。

尤其是端木傲還在一旁呢！

「你們好。」端木玖簡單地回道。

這些人態度好明顯。

剛才是覺得只要示個好，她就應該謝恩的那種態度。

現在是大家都是平輩，你示好我也示好的這種態度。有身分就比較容易被人尊重，這道理真是到哪個世界都一樣。她要不要為了被人尊重發憤一下呢？

小狐狸突然張嘴，輕咬住她的手指。

小狐狸不高興耶，為什麼？她愣愣的。

小狐狸只咬了她幾下，就放開她，又不理她了。

……端木玖頓時又有種「小狐狸的心，好難懂！」的微妙感覺。直到端木傲的聲音傳來，她才回過神。

「妳怎麼會一個人在這裡？」

她眨了下眼，抬起頭。

「我在這裡紮營過夜啊！」這不是一看就知道嗎？

「……」怎麼有種她在給他裝傻的感覺？端木傲不由得暗暗想磨牙，然後自己還嚇了一跳。

冷靜，冷靜。

「妳不是應該在西岩城嗎？」繼續保持酷霸冷的格調。

「我離開了呀，會在這裡過夜，是因為路過這裡。」端木玖終於不裝傻，好好回答他的話了。

「……路過？」

這個答案的畫風跟現在的狀況嚴重不搭好嗎！這裡是可以隨便路過的嗎？簡直亂來！

端木傲覺得自己為數不多的耐心正在用完的邊緣。

「把妳為什麼一個人出現在這裡的理由好好說一遍。」

不要再給他裝傻跟答一半了！

「四哥，你好兇喔。」端木玖抱緊小狐狸，一臉被驚嚇到的表情，怯怯地看著他。

端木傲嘴角終於抽了。

怎麼感覺他變成一個恐嚇小女生的大壞蛋了?!

這還能不能好好說話了?!

他記得家族裡的那些女生沒這麼難搞啊！在他面前都是他問什麼她們說什麼，好溝通得很。

為什麼現在他卻覺得跟這個很久不見的九妹，完全溝通不良！

莫非這就是在帝都長大和在西岩城長大的不同？

端木玖一直用很無辜的眼神看著他，雙眼溼溼漉漉的看起來有點可憐，像被他嚇到，不敢說話。

端木傲有點無奈，告訴自己要多點耐心，好歹是妹妹。

「離開西岩城，又來到這裡，妳想回帝都？」他猜道。

「呃……之後才要去帝都。」她遲疑地說道。

「為什麼是之後？」

「因為我還想在西星山脈裡逛一逛。」

歐陽家和公孫家的人：「……」

一個傳說中的廢材說要在天魂大陸上著名的冒險山脈裡逛逛？是他們聽錯了還是她說錯了？

端木傲也聽得一臉不知道該做什麼表情的模樣，乾脆面無表情。

「北御前呢？」端木傲再問，眉間打了兩、三個結。

身為護衛，怎麼沒有跟在她身邊？

「北叔叔有事，暫時不在這裡。」總覺得這個四哥快要腦充血了耶，不是她氣的喔。

「算了。明天早上，妳和我一起回去。」端木傲也不問了，找了個地方，就坐下來，閉上眼打坐。

他打算今天晚上也在這裡過夜，明天早上就把她帶回他們端木家的營地，跟大家會合。

「你，要帶我回去？」端木玖很驚訝。

「嗯。」

「為什麼？」

「妳是端木家的人，既然我遇到妳，妳又是妹妹，我自然有義務帶妳回去。」端木傲回道。

她也是家族的一分子，他的理由就這麼簡單。

端木玖眨了下眼。

突然發現，這個四哥的個性意外地好懂呢！也許是個不錯的哥哥。

可惜端木玖要當個壞妹妹了。

「跟你走……可是，我不認識你耶。」她很無辜的表情，「北叔叔說，不能隨便跟陌生人走，會被賣掉。」

在場的人聽到這句話，個個目瞪口呆。

九小姐……真的恢復正常了嗎？

她果然是那個傳說中的傻子九小姐吧！

端木傲覺得，他額上的青筋不受控制地猛跳了一下。

「我是妳四、哥。」暗暗，咬牙。

不、是、陌、生、人！

「哦。」端木玖低頭，看起來像在懺悔自己說錯話。

事實上，她低頭正對著小狐狸吐舌頭。

小狐狸簡直想對她翻白眼。

不明白她為什麼要故意惹惹端木傲生氣。

端木玖才不承認自己有惹人生氣，她的反應是一個被驅逐十年的人該有的正常反應好嗎。

被驅逐的人應該有怨氣的，怎麼可能別人一說回去她就乖乖照做？

只不過她沒有直接用怒火噴人而已。

而且，她也真的「不認識」他嘛——根本沒見過的人，要怎麼認識？

不過現在要先想個辦法，找機會在明天早上之前溜走才行，她還不想見端木家族的人……

端木傲不想理她了，看她一直低著頭、覺得她有在悔過就好。總之，明天一早回營，就這麼決定。

歐陽明寬這才試探地開口——

「呃……四少，我們是不是先把月銀魚的任務解決一下？」

「怎麼解決？你去抓？」

「當然不是，但是，月銀線在九小姐手上。」所以四少，你應該發揮你的影響力，拿到月銀線、抓到魚吧？

九小姐可是你的妹妹、你們端木家的人呢！

「她剛才說過，月銀線不是她的。」端木傲的表情似笑非笑。

不要以為他不知道他們心裡在打什麼算盤。

現在抓到魚，三個家族平分成績，大家都不贏也不輸？

「但是那位……大叔已經睡著了，線在九小姐手上，我們並沒有要拿走線，只是借用一下，馬上歸還，這樣也不行嗎？」

端木傲不說話。

「我贊同歐陽明寬說的，畢竟，我們真的需要月銀魚。」公孫愈也說道，一臉就事論事的公正樣。

「九妹，妳覺得呢？」端木傲直接問她。

九妹？端木玖被這個稱呼雷了一下。

「線不是我的，我不能作主。」她還是這句話。

「線送妳了。」睡著的大叔忽然開口。

「送我？」端木玖一愣之後，幽幽瞪過去。

她一點高興的感覺都沒有。

「連同烤魚一起，當謝禮。」大叔很認真地說。

「大、叔，這種謝禮太、沒、誠、意了吧？」她語氣陰森森。

「月銀線很珍貴的。」大叔很認真的語氣，表示他是很認真在送謝禮，很有誠意的。

「珍貴在哪裡？」

「月銀線，是由月銀草特製而成，月銀草很罕見、也很難長成、很難找，那條線是找了整整一年的成果。」

所以，他真的很有誠意送謝禮。

端木玖的理解是：就算有誠意，它也是個很不受歡迎的謝禮。

因為他送的時機，簡直就是在替她「招」麻煩！

「大叔，你不會是因為小狐狸多要了一條魚，所以在表達不滿吧？」她懷疑地問。

大叔頓了一拍。

「一條魚而已，我沒那麼小氣。」

「……」大叔停頓了，其實他就是這麼小氣吧！

不過月銀線……聽起來好像是挺珍貴的東西……

現在這種情況，就算她不收好像也很麻煩；端木玖為時已晚地發現，她好像被大叔坑了。

真心酸。

秉著被人坑卻沒坑到人實在沒天理的想法，端木玖瞬間有了主意，也不再糾結就收下了月銀線。

「好吧，謝謝大叔。」雖然她認為大叔還是不懷好意，不過得到好處的是她，謝他一下也是應該的。

大叔這才滿意，然後眼一閉，又往後一倒，睡了。

「太好了！月銀線現在屬於九小姐，請九小姐借我使用一下，很快就歸還。」歐陽明寬立刻說道。

「九小姐，我也想借一下月銀線。」公孫愈立刻跟著說道。

「九小姐……」端木傲的隨從遲疑地開口。

三方人都看著她，端木玖也回看三人，好像猶豫不定，最後抱起小狐狸，問牠：「小狐狸，你說線該借誰比較好？」

小狐狸看了她一眼，前爪一揮，月銀線自動捲成一團，然後咬住，眾人只覺紅光一閃。

「小狐狸！」端木玖反應最快，立刻轉身就追。

「追！」端木傲動作最快，身後隨從緊跟。

在場三家族的人各自呆了一下。

歐陽明寬和公孫愈對視一眼，異口同聲——

「追！」

三、四十個人一下子跑光光，只剩下一個火堆，和一個又醒過來的，黑黑灰灰的男人，緩緩搓著下巴的鬍子。

「這是走為上策？」

小姑娘挺狡猾的呀！

不過，很合他的胃口。

男人朝某個方向看了一眼後，就若無其事地站起來，往另一個方向走入林葉間，很快就消失了蹤影。

小狐狸的速度很快，而且專挑偏僻的路徑跑。

端木玖也追得很快，憑著嬌小和靈敏的反應，浮空術和步法齊用，勉強追得上小狐狸。

後面端木傲本來也緊追在後，但是受限於地形、體型，還有身法，漸漸和前頭那個粉色的身影拉開距離。

在他後面，還有歐陽與公孫兩家的人，速度慢他整整一截。

他們與端木玖之間的距離愈來愈遠，最後幾乎看不見人。

跑在最前面的小狐狸，在又轉了幾個方向後，終於停下來。

端木玖慢了一秒鐘，才停步在牠身邊，呼息微喘。

這是她真正見識小狐狸的速度，如果不是有浮空術和「家傳」步法，她真沒把握能不追丟牠。

「小狐狸，你跑真快！」

小狐狸跳進她懷裡，把月銀線放在她手上。

端木玖很快調勻呼息，收起線後，看向四周。

「這是哪裡？」

森林裡的樹木看起來都差不多，唯一確定的是，小狐狸又挑了一個靠近水邊的地方，只不過這個河面，比剛才那裡更窄小了。

「難道，我們在渡天河的更末端？」

再往河水流下的方向看去，漸漸看不見河流，只看見河水沒入樹林草叢間。

就在這時，端木玖的識海裡的巫石突然跳動了一下。

「嗯？」

還來不及查究，端木玖和小狐狸已經同時發現對面有人來了！

端木玖迅速後退，將自己藏在樹幹後，沒有露出一點痕跡。

而對面的人，卻大大方方現身，端木玖瞪了瞪眼，竟然是個熟人！

「放心出來吧，他們追不到這裡來的。」

端木玖遲疑了一下，還是抱著小狐狸走出來。

「大叔，你怎麼在這裡？」

她記得某人在她和其他人說話的時候，明明還在睡覺。

「追妳來的。」

「追我，我有欠你什麼嗎？」只有追債才會追得這麼緊吧！

「沒有。不過，我看中妳了。」

「……」端木玖沉默了一下，才很嚴肅地告訴他：「大叔，我還未成年。」

誘拐未成年少女是有罪的！

大叔被噎了一下。

「大叔，雖然眼光是沒有界限的，可是我的審美觀……應該是比較符合大眾取向的，所以……大叔對我還是保持欣賞就好了，不用追著我跑，欣賞就好。」她很努力委婉地勸解。

「……」大叔已經沒有表情了，不知道該生氣還是該揍人。

他看起來像那種誘拐小孩的怪叔叔嗎?!

她這是故意的吧故意的吧！

「大叔？」都沒有反應。

該不會刺激太過，癡呆了吧？

「很好。」好一會兒後，大叔終於冒出一句。

「很好？」覺得大叔反應太不正常，端木玖小心退了一步。

「放心，不會賣掉妳。」所以不用離那麼遠。

但他不說話還好，一說了端木玖立刻再退後兩步。

「就算不會賣人，但是大叔會坑人啊！」

「有嗎？」

「當然有。」實例就在半個時辰前。

大叔不要說忘了喔！沒那麼健忘的。

「又沒有坑到妳。」大叔那張被鬍子遮掉的臉上，竟然看得出「無辜」的表情，簡直不科學！

「沒被坑到，跟你會不會坑人是兩回事。」休想混淆視聽。

大叔一噎，內心碎碎唸。

小小女娃那麼精明算得那麼清楚做什麼？笨一點不是比較可愛嗎？

「妳也坑了人啊。」

「哪有？」

「剛剛才發生的事。」不要那麼健忘喔！

她剛剛可是把那三家族的子弟都要兼甩了呢！仇恨值真是招得足足的，現在那三家子弟八成正在罵她。

「那是因為我家小狐狸跑掉，我才追著跑的。」這是事實。

「但是妳把人甩掉了！還拿著他們要的月銀線。」這也是事實。

「那是意外，甩人不是本意；主動坑人跟被動坑人是有差別的。」她才沒有大叔那麼黑心。

「而且，月銀線本來是大叔的，你竟然在別人搶著要的時候還當場把線送給我，根本就是不安好心，壞心眼！所以罪過的根源是你，大叔才是那個最坑人的人。」仇恨值統統歸他。

「但是最後得到月銀線的人是妳。」好處她拿了喔！

「我被找麻煩了，難道不該要一點賠償嗎？」她振振有詞。

原本這都不關她的事的，是誰把她捲進去的？

說起來，她只是不小心追著小狐狸離開，沒有跟那三家族子弟討要驚嚇賠償費，還有他們破壞她晚餐的美好心情補償費，已經很善良了。

「但是在他們眼裡，就是妳耍了他們。」跟他無關呢。

「已經發生的事，大叔你就不用一直念念不忘了。」她一臉感嘆。

「念念不忘？」

「而且我沒想到，大叔竟然有正義感。」她繼續說她的。

「……」完全溝通不良兼聽不懂小姑娘在說什麼怎麼辦？

「大叔，你一直提他們被耍的事，就是念念不忘啊！那一直念念不忘，大概就是在替他們抱不平，難道不是因為正義感嗎？」端木玖很好心地解釋道，雖然重點完全錯誤。

大叔無語。

這是什麼神結論?!

「看大叔這個表情，就知道我說錯了。」端木玖語氣頓了頓，又說道——

「既然大叔沒有正義感，再加上大叔坑我的事，所以結論：大叔很無良。」這個結論才是真的。

「……」喂喂，這種話當著他的面說太不給面子了吧！

但是，她這麼奇奇怪怪又七拐八彎的想法，就是意外讓他很欣賞，覺得跟他有合。

「端木玖，妳知道我是誰嗎？」

「不知道。」

大叔立刻埋怨地瞪了她一眼。

這麼乾脆的答案讓他很沒有成就感，也很難接話的好嗎！

「我是樓烈。」

「哦。」她應了一聲，表示聽到了。

「妳的反應，就這樣？」

「啊，不然應該要怎麼樣？」她茫然地反問。

大叔報姓名，她就是記住了，結束。不是嗎？

「妳沒聽過我的名字？」

「沒聽過。」

「……」這麼乾脆俐落的回答，再一次讓樓烈心塞塞。

端木玖有點好奇了。

「大叔，你很有名嗎？」

「當然。」雖然沒有自滿，不過那是事實。

「哦。反正我不認識你，你多有名也不能換成金幣讓我花，沒用！」

她竟然很嫌棄?!

她竟然很嫌棄?!

她竟然很嫌棄?!

生平第一次被無視兼嫌棄沒用的樓烈，驚愕到讓這句話在他腦海裡轉了三次，才意會這個事實。

「妳、妳……」

「我很好，不用大叔問候，謝謝。」她幫他接下去，很快地說。

「……」如果不是他神經太強，現在一定已經被氣昏了。

端木玖表面一本正經，內心哼哼。

誰教大叔坑她，不能馬上坑回來至少也要讓大叔心塞再心塞，這樣她才平衡一點。

「妳、妳真是……」大叔頓了頓，突然笑出來。「更讓我欣賞了！」

端木玖一僵，覺得剛才有陣雷劈過。

連忙再退三步。

「妳怎麼愈退愈遠？」大叔不太滿意。

「保持距離，比較安全。」端木玖很溜地說。

「我又不會害妳，保持什麼距離？」

「那很難說，大叔坑人都是說坑就坑，沒有預告的。」誰知道大叔現在又想做什麼？

而且大叔的反應超奇怪，到現在沒被她真正氣到。

這樣的大叔一定老奸巨猾，特別要小心應付。

「我又不是壞人。」

「壞人是不會承認自己就是壞人的。」

「……」所以這是把他當壞人看囉！

好吧，山不來就我、我就去就山！

大叔瞬間一動！

端木玖只覺有人從眼裡晃過的同時，心未動、身先動，身體自動反應疾退一大步。

「速度竟然比我快?!」大叔眼神一亮，再追。

端木玖踏開步法，險險避過。

大叔繼續追，端木玖一直險險避開。

現在比的速度，不是比誰跑得快，而是比誰反應更快、角度更刁鑽。

因為河岸的空地不寬敞，才更讓大叔的抓人顯得輕鬆，但端木玖卻避得很辛苦。

除非是打算跑出這裡，那就是逃命了。

可是端木玖卻沒有真的怕到這種程度，只是不想讓大叔太順心而已。

連續好幾十回的抓空，大叔終於先停下來。

「妳這麼能跑，一點都不像是他們說的，是個不能修練的廢物。」

「以前是不行，他們沒說錯。」端木玖也停下來，不過還是保持在方便移動的距離。

「別人聽到這種話，會恨不得立刻否認吧，怎麼妳就這麼乾脆承認了？」

「嗯……因為那是事實呀。」她想了想後回道。

大叔點點頭，事實的確是無法否認的。

「而且我想，他們會念念不忘，一定是更嫉妒我有一個很疼我的護衛叔叔。」她很認真地說。

大叔聽得一呆。

「為什麼？」

「因為我發現，很多人——包括家族裡的長老，都很嫉妒北叔叔，嫉妒到要害北叔叔耶！」她很認真觀察到了，從端木陽和端木義的反應中，見證這個事實。

樓烈已經不知道自己該做什麼反應了。

首先，一般人巴不得自己不是廢物，就算是也不想被公開說出來。

她卻一點都不介意。

而且他看得出來，她不是故作不在乎，而是真的不在乎，好像被稱為「廢物」對她一點影響都沒有。

再者，她竟然還很認真地分析別人看見她就說她廢物的原因。

這到底是多粗的神經跟多歪的腦袋才做得出這種反應？

「哈囉！大叔，回魂囉！」大叔呆太久了。

「什麼回魂！」他又還沒死。

哈囉又是什麼東西？

「你發呆太久了，我想說如果叫你叫不回來，我就要另外找地方過夜了。」都半夜了，好孩子要睡覺。

「我話還沒說完！」她竟然要睡覺了，有沒有一點敬老尊賢？

「老人家果然話多……」她小小聲地說。

樓烈瞪她。

「妳可以說大聲一點。」別以為他沒聽見。

「老人家果然話多。」從善如流地大聲說。

「……」樓烈覺得自己會腦充血，不用喝酒臉就紅了。

「大叔，我這是依照你的意思說的喔。」所以他被氣到不能怪她。

樓烈深深覺得，在達成他的目的之前，這個讓他看中的小女娃，可能會先把他氣暈。

於是決定不要再拐彎抹角了，單刀直入。

「妳知不知道我看中妳什麼？」

「可以不要知道嗎？」

「為什麼？」大叔不小心又被歪了樓。

「總覺得知道後會很麻煩……」

「妳要知道，人，不能太懶。」尤其是不能因為麻煩就拒絕好事。

「可是能懶的時候當然就要輕鬆一點啊！沒事找事做是自虐。」

「……」樓烈又被噎住了。「總之，妳要聽！」

端木玖考慮要不要乾脆跑人。

「不准跑！」這次大叔立刻動作了，抓住她的手臂。

被抓住手臂，端木玖不能繼續摸小狐狸了。

她低頭默默看著大叔的手一眼。

「大叔，你的手……」

「嗯?!」大叔及時縮回，閃過小狐狸的一爪。

「有危險。」她慢了一拍，還是把話說完了。

「妳也說得太慢了。」有沒有誠意提醒呀?!

幸好他反應快。

「小狐狸的反應不是我能控制的呀，牠很有個性的。」這個爪子一刷的動作，不是她授意的。

「牠不是妳的契約獸?」樓烈疑惑地問。

「不是。」

「不是契約獸，牠竟然這麼願意跟著妳?!」樓烈很驚訝，而且這隻小狐狸還挺護著她的。

有契約存在能心意相通的魂師與魔獸，都不一定有這一人一狐之間來得有默契。

畢竟，契約是有強迫性的。

雖然不能違背，但和心甘情願的主動配合，在表現上還是有差別的。

「牠高興就好呀，有牠很有趣。」不會孤單。

「嗯，很好。這麼特別，果然不愧是我看中的人。」樓烈驚訝了一下之後，就接受這個事實，很滿意地說道。

端木玖默默看著他。

不要把這個說得像是你的功勞呀!

小狐狸跟你沒關係的。

樓烈才不管她在腹誹什麼，直接說道——

「端木玖，妳聽著，我要收妳為徒。」

第二十章　收徒還是收祖宗？

啥?!

端木玖瞪著眼。

樓烈看著她，很認真地再說一遍：「端木玖，我樓烈，要收妳為徒。」

端木玖沉默了一會兒。

「大叔，你剛才喝酒醉了，現在還沒睡飽吧？」

「我很清醒！」

「可是我覺得你一定是腦袋不清楚了。」她同情地看著他。

「我很清醒、很認真。」不要一副他不正常的表情啊喂！

「好吧，你很清醒很認真，但我拒絕。」不好隨便批評別人發神經，但她可以不接受。

「為什麼？」

「沒興趣。」

「妳知道有多少人擠破頭想要我收他們為徒嗎？」

「不知道。」

這麼乾脆的吐槽又直接噎到樓烈大叔。大叔差點想蹲到樹根旁去咬袖子、扯小草。

難道是他消失太久低調太多不愛爭名奪位求利求權所以存在感都沒了以至於沒人認識他了嗎……

「大叔？」沒事吧？

看起來好像滿身是黑線，表情無比灰暗。

「妳就不能說點讓我高興的話？」樓烈很哀怨地看著她。

「大叔，你不適合裝哀怨的。」端木玖一臉認真。

「為什麼？」有哪裡表現不到位？

「你的造型像流浪漢、臉上都是鬍子很邋遢，有什麼可憐表情也都被鬍子擋住了，完全看不出你有哀怨。」

「……」大叔瞪著她。

端木玖繼續很「誠懇」地建議：「大叔，你的造型，直接變身無賴或土匪會比較適合一點，完全不用裝就很像。如果要裝可憐嘛……嗯，這個，你要知道，人是有長相限制的，要看起來可憐，先決條件是，你的臉不能長差了才行呀。」換言之就是，大叔你現在外型太痞太邋遢了長得太差了看起來怎麼都不像可憐像好吃懶做的流浪漢！

大叔陰暗了。

我居然被小姑娘嫌棄長得不夠帥，完全像無賴……

不過，大叔很快又振作了。

「小姑娘，妳這樣說我就成功了！」

「啊？」端木玖不解了。

「妳知道，名氣大、到處都有人認得出來的結果就是，我走到哪裡都不得安寧；現在這樣剛好，沒人認得出我，我的日子過得多逍遙清靜啊！」大叔沾沾自喜。

「……」她對大叔描述的名人效應保留懷疑。

「至少妳要承認，我的實力很不錯。」大叔對她懷疑的眼神真是大大的……不滿意。

「嗯……」她猶豫。

「我能跟得上妳、找到妳在這裡，也能抓得到妳，這還不足以表示我的實力比妳強？」大叔只差沒哇哇大叫求正名了。

「大叔，我是別人口中的廢材耶！跟我比實力……會不會有點降低標準？」大叔的情緒真善變，好有趣！

「以前的妳是不是廢材，我不知道；但現在的妳——絕對不是廢材。」

她以為，有幾個人能在這個地方輕易甩掉三團人的跟蹤？

更別說那三團人之中，不乏有天魂師。

這一點也證明，在速度上，端木玖已經勝過天魂師。

更具體一點的說法，正面衝突的情況下，一個天魂師想要殺端木玖，是有困難的。

再衍生出來的事實是——端木玖，一個十五歲的少女，已經有天階修者的實力！

這絕對是一個駭人聽聞的事實！

現今天魂大陸留存的記載中，年紀最小的天階修者，紀錄落在二十歲的年紀。

而端木玖如果被證明的確有天階修者的實力，那也代表，她——就是天魂大陸有記載以來的第一天才！

這個消息，絕對會轟動天魂大陸！

一想到這一點，就算對名利已經不太在意的樓烈，也不禁有點熱血沸騰。

「大叔？大叔？」怎麼又發呆啦。

「嗯，嗯？」大叔回神。

「大叔，你身體真的不太好喔！」動不動就發呆耶！這很有可能是某種呆症的預兆。

「放心，沒事。」因為樓烈不知道她心裡在想什麼，把她的反應當成是對他的關心，覺得有點感動。當下更是決定，無論偷蒙拐騙威脅利誘，一定要把她收來當徒弟！

「端木玖，當我的徒弟吧！」

「不要。」大叔還沒死心啊！

「那妳有師父嗎？」

「沒有。」

「既然沒有，拜我為師剛剛好。」

「那如果我有師父了呢？你就會放棄了嗎？」

「那我就去和妳的師父『聊聊人生』。」

「……」怎麼覺得大叔好像一秒鐘黑化了。

「端……」他才要開口，卻突然覺得身體一冷。糟糕！

樓烈的臉色突然變白，身體也無法抑止地有點發抖。

「大叔？」端木玖幾乎在同時發現他不對勁。

「沒、沒什麼……」大叔勉強開口，轉身走向一旁，靠著一棵樹坐下。「等、等一會兒就好……」說完，就閉上眼睛。

端木玖沒有再問，因為她已經感覺到，四周突然變冷的空氣。

這不是自然降溫，是因為……大叔?!

才一會兒，靠著樹的大叔全身好像浮出一層白色的寒霜，非常明顯。

這個時候的他，是無法移動的。如果要偷溜，現在是最好的時機。

「小狐狸，你說，我要不要溜走呢？」端木玖低聲地問。

小狐狸當然是沒有回答，只是狀似睏倦地眨了眨眼睛，窩在她懷裡不動。

「好吧，我們留下來。」

就在端木玖撿了幾根細木，重新燃起小火堆時，卻發現大叔身上的寒霜愈來愈多，而且連他身後的樹幹都變白了。

「這是？」

一個人冷，怎麼可能冷到連樹木一起凍霜了?!

在全身感覺愈來愈冰涼的時候，樓烈勉強睜開眼，看著端木玖。「線……在嗎？」

「月銀線嗎？在。」

「月銀魚……烤熟……」

端木玖立刻想到大叔吃魚配酒後臉燒紅的模樣，心念一動，從儲物手環裡把那條她還沒來得及吃的魚拿出來。

「大叔，月銀魚。」

樓烈訝異了下，現在卻沒辦法多想什麼。

「酒……」他想從自己的儲物戒裡拿出來。

「酒。」端木玖拿自己的，遞給他。「大叔，你能自己吃嗎？」

大叔兩手臂也都是寒霜，看起來像被凍僵了，還能動嗎？

樓烈看起來好像很想笑一下，可惜笑不出來。

「妳……餵我吧！」

「嗯。」端木玖放下小狐狸，小狐狸自動走遠一點，離開寒霜的範圍。

端木玖直接先餵大叔一口酒，然後是魚，交叉著餵了幾次之後，魚就吃完了，酒也喝完了。

沒一會兒，樓烈全身的寒霜突然就開始化了。

端木玖連忙退開。

而樓烈身上再度出現之前第一次吃月銀魚時的反應，等全身寒霜退盡，臉色就由白泛紅，然後再慢慢恢復正常。

接著他就閉上眼，陷入輕度睡眠。

端木玖這才抱起小狐狸，到另一邊的樹上靠坐著。

「小狐狸，我覺得，大叔應該是中毒了。」

沒想到這個大陸也有毒耶！

那這個大陸，比她原先想像的，要再危險一點。

不過奇怪的是，在她的印象中，天魂大陸上好像並沒有醫師、大夫、藥師之類的職業。

難道這個大陸的人都不生病的嗎？

◈

寅時中，天色將明未明之際，是天地靈氣最旺盛之時。

端木玖抱著小狐狸，體內心法整夜不斷運轉，只保留一點神識在外，預防突發狀況。

在這個時刻，淺眠的樓烈也醒過來，一睜開眼就看見不遠處的端木玖，心思一想，就微微笑了；繼續保持原來的姿勢坐著，直到天亮。

當天光正式從林葉間透過來，宣告著西星山脈一天的開始，端木玖的心法運轉正好結束，她才睜開眼。

她懷裡的小狐狸也睜開眼。

四周靜悄悄。

穿透林葉間的光線照射在河面上，閃動著幾許波光，清澈盎然。

如果忘記西星山脈是個危險之地，這種早晨其實滿悠閒的。

「小狐狸，早呀。今天早上……吃飯糰吧。」

小狐狸保持不動。這表示不樂意。

「那，烤一下？」

小狐狸這才跳上她的肩，這就表示同意了。

端木玖皺了皺表情。

「小狐狸，你愈來愈挑食了耶！」真不是好習慣。

小狐狸就坐在她肩上，無視她的抱怨。

端木玖也不介意，從儲物手環裡拿出在西岩城就做好的飯糰，先刷上醬汁，再將烤具準備一下，就在小火堆旁開始煮水和烤飯糰。

接著又慢吞吞拿出茶具。

這麼美好的早晨，應該喝個茶。

一旁的樓烈有點傻眼地看著她悠閒又自在地準備早餐，一句話差點直接問出來——妳現在是野餐還是郊遊啊！

這麼悠閒和西星山脈一點都不合好嗎！

樓烈撫額。

他到底該覺得她是不知死活？還是膽大心細得與眾不同？

不一會兒，烤飯糰的香味飄出來，端木玖問道：「大叔，你要吃嗎？」

「要！」完全不糾結。

樓烈移動到小火堆旁，接過放著兩顆三角形飯糰的盤子，動手就開始吃。

「妳怎麼會準備這個？」

「要出門，不應該準備食物嗎？」

「是會準備，但不像妳這麼齊全。」這種米飯的東西可能會有，但是茶具是不會有的。

誰進森林裡還特別帶茶具？

很多時候連吃東西都沒時間，哪還有時間泡茶?!

「有備無患啊！」

「進來西星山脈，妳準備最多的，不會就是吃的吧？」樓烈突然問道。

「是呀。」她點點頭。

樓烈無語了。

「吃東西很重要，能夠好好吃的時候，就不要浪費這種機會。」端木玖很認真地說。

……好吧，這也是小姑娘的個人愛好，不算大毛病。

而且以現在來說，他吃人家的飯糰、喝人家泡的茶，實在沒立場再挑剔。

他已經很久沒有這樣一醒來就有東西吃了，這種感覺……有點溫暖。

「端木玖，做我徒弟吧！」吃完飯糰後，繼續昨天的話題。

「不要。」

「做我徒弟吧！」

拒絕好像不太有用。

端木玖想了想。

「要當人師父，是要有一點本事的，你知道嗎？」

「當然知道。」本事，他大大地有。

「要當我師父，還要有一些條件。」

「什麼條件？」

「第一，徒弟有事，師父要第一個幫忙。」

「然後？」

「第二，徒弟做的事，師父無條件當後盾。」

「還有嗎？」怎麼覺得怪怪的。

「第三，徒弟不想做的事，師父不能勉強，也不能讓人勉強。」

「還有嗎？」

「第四，師父可以教導徒弟，但不能對徒弟管頭管腳到處管。第五，有人欺負徒弟了，師父要負責出面打回來。第六……」

「等一下。到底有幾個條件？」

「第六，徒弟還沒說完話，師父不能隨便打斷。」

「……」哇哩咧！

「第七，徒弟需要師父的時候，師父要隨傳隨到。第八，徒弟會好好向師父學本事，師父要認真教。第九，師父對徒弟要有一顆寬大慈愛的心，不能對徒弟發脾氣。第十，以上若有沒說到的，以後再另行補充。」

「……」第十條那是什麼鬼?!

樓烈聽得簡直想趴地不起。

這是收徒弟還是拜祖宗？

怎麼比娶老婆還難搞?!

呀……呸呸呸。他不想娶老婆，只想收徒弟，這個比喻請當作沒聽見。

「以上。有沒聽懂的嗎？」

「都聽懂了。」也覺得人生可以吐血了。

這個師父簡直比保姆還難當，不只身兼保護者，還要變身召喚獸，不時還要化身

「徒奴」……

別人是有事弟子服其勞。

這裡是有事師父擋在先。

「那你還想收我當徒弟嗎？」

「收！」他好不容易看中一個徒弟，絕對不能讓她跑掉。

「收一個徒弟，等於收了她身上所有的麻煩，你不擔心嗎？」

「只要我還沒死，就沒人可以找我徒弟的麻煩。」大叔很豪氣地說。

端木玖望著他，眼神……很複雜。

「怎麼，妳不相信？」

「不是，而是……大叔你自己身上都有麻煩耶，還能解決別人的麻煩嗎？」

「放心，我沒空解決的時候，也有別人可以解決。」就算他要不在了……也會先「託好孤」。

「大叔，要當我師父是不能太短命的，這樣是欺騙我的感情。」

「啊?!」當師徒為什麼會扯到欺騙感情？

「師徒有師徒之情，如果師父短命了，徒弟要傷心很久，哭都哭不回來，那不就是欺騙感情了嗎？」

「……」一定要這樣解釋嗎？怎麼他有一種如果他短命了就是負心漢的罪惡感？

一定是錯覺！

都被她誤導了！

「那如果反過來呢？」他好奇地問。
「那師父傷心很久是應該的。」
「……為什麼？」這雙重標準的差別真是讓人聽了就想痛哭流涕。
「徒弟短命，表示師父沒教好，或是沒保護好，所以，師父要負連帶責任，為徒傷心是應該的。」
「……」現在才發現，當師父的好不值錢！
「所以，你還要收我為徒嗎？」
「要！」
真堅持。
「好吧，那在我給你一次機會前，你先回答我幾個問題。」
「妳問。」一收徒弟，真是太不容易了。樓烈暗暗抹汗。
「第一，你昨天晚上是怎麼回事，為什麼突然發冷？」
「那是我之前被暗算，一直沒有好的暗傷發作，才會這樣。」樓烈回道。「不過，妳竟然沒有害怕？」
「因為沒什麼好怕呀！」她最不怕的就是火、就是冷了呀。
「妳就不擔心我會突然攻擊妳？」她連他是什麼狀況都不清楚，卻跑都不跑，還替他守夜。
該說她膽子大、不怕死，還是笨到不知道該遠離危險？
「你都凍得不能動了，還有力氣攻擊別人嗎？」端木玖哪一種都不是，而是判斷過後才決定留下的。

當然，這也是因為小狐狸不想走，那就表示應該沒危險。

進山脈這半個月以來，其實她也遇過幾次高星魔獸，但在遇到之前，小狐狸總會開始耍脾氣，硬要她走別條路。

一次、兩次，加上她刻意躲開又繞回來，卻發現高星魔獸的蹤跡之後，她就知道，小狐狸是在幫她避開危險，一直在幫她警戒。

但是小狐狸卻沒有要她警戒大叔，所以她判斷，大叔沒有危險。

「好吧，妳對。」她也算觀察仔細。

「那你吃魚又喝酒，是為什麼？」

「月銀魚本身含有一種靈氣，加上酒一起吃，就會在體內產生熱能，可以幫我壓制暗傷。昨晚本來少吃一條魚也沒什麼，只是後來為了追上妳，動用魂力，所以才會一時壓制不住，暗傷發作。」

如果不是她及時餵他魚和酒，等他挺過一次發作，現在大概也全身虛弱、無法動彈了。

「所以你才抓月銀魚……」

「我受的傷其實已經很久了，雖然發作時會痛苦一點，不過也不至於要命。也是最近幾年在這裡，我才發現月銀魚對我有這種功效；如果沒有月銀魚，就是辛苦一點。放心，為了當妳師父，我不會短命的。」樓烈灑然一笑。

「那他們三家族的人要月銀魚，是為什麼？」

「他們。」樓烈冷笑一聲。「他們是為了神獸。」

「神獸？」

「天塹山谷，本來就是各大家族歷練、傭兵冒險常常會來的地方。之前三大家族的人頻頻失蹤，三大家族當然會派人調查，結果差不多同時發現神獸的蹤跡。

「三大家族立刻以調查為名封鎖天塹山谷，表面合作，實際上各個家族都想獨得神獸。

「成年的神獸並不好對付，行蹤又難以找尋，而月銀魚是魔獸喜歡的食物，所以他們打算抓月銀魚來引出神獸。」

歐陽家的人先發現他在抓月銀魚，他本不想理，卻沒想到他們還是追上他了。

也因此，才有昨天晚上的混亂。

「那月銀線還你吧。」端木玖拿出線。

「不用還，那是我送妳的禮物。」師父送的，徒弟要收。

她雖然愛寶愛財，不過對別人保命的東西，還不至於就要搶著跑。當然，前提是那人不能惹到她。

「等我同意拜師的時候，你再送我好一點的禮物；這個，你自己先留著。」她把月銀線塞還給他。

樓烈有些愣，心裡很感動。

「小玖……」果然是他的好徒弟，這麼彆扭的說法其實就是擔心他、為他著想呀。

端木玖抖了一抖。

怎麼馬上變「小玖」了，他們還沒這麼熟請不要叫得這麼親近謝謝。

「妳要當我徒弟了嗎？」

「當然沒有，不過我說會給你一次機會的。」

「妳說。」為了收徒，拚了。

「等一下我從這裡離開後，過一個時辰，你就可以開始找我。三天之內，只要你能找到我，我就當你徒弟。」

「一言為定。」

「前提是，我說的十個條件你都要做到喔！」她提醒道。尤其是不能短命那一條。

「放心，我明白。」他樓烈，不會拿自己的命開玩笑。

「好，那我走了！」

咻，人就不見了。

樓烈有點傻眼。這說走就走會不會也太無情了點兒？

連給他留句說「再見」的時間都沒有啊！

不過……未來小徒弟的身法，倒真的很不錯，咻一下就不見人影了。

奇特的是，他一直沒有在她身上感覺到任何魂力的波動。

樓烈習慣性又搓搓下巴的鬍子。

未來小徒弟身上好像也有秘密耶！真是太值得期待了。

◇

在追丟端木玖的時候，端木傲並沒有就此停步，反而不斷擴大範圍找尋，不停在山林裡繞來繞去。

「端木傲，你現在這樣是做給誰看呢？」一天一夜跟著他這樣沒目標地到處跑，歐陽明敏的耐性已經到極限。

她又餓又累，只想休息。

「四少，你知道九小姐在哪裡嗎？」公孫愈也問道。

「不知道。」端木傲終於出聲。

「不知道你還帶著我們一直跑！」歐陽明敏差點尖叫。

「我沒有讓你們跟著。」端木傲冷淡地回道。

「人是你弄丟的，不跟著你，怎麼找到人?!」而且，誰知道這會不會是他和端木玖商量好的？他們可是兄妹！

端木傲沒興趣理一個脾氣壞的大小姐，轉身就離開。

公孫家的人立刻跟上去。

「七哥……」歐陽明敏立刻看向歐陽明寬。

「走吧。」就算累，還是得找人。

他們必須抓到月銀魚。

「哼……」儘管不滿，歐陽明敏還是跟著哥哥，繼續追過去了。

等他們都走了，端木玖才從樹叢後冒出來。

「他們竟然還在追，真是太有毅力了，對吧？」她問著小狐狸。

小狐狸窩著，沒反應。

「偏偏我們又不能離開這裡……」她有點苦惱。

從到渡天河末端開始，她識海裡的巫石就一直傳來意念，不停要她往某個方向走。

可是那個方向——是天塹山谷裡耶！

她一點都不想和三大家族的人見面好嗎。

偏偏她想走，巫石一直不肯。

就像現在。

她只要轉向往渡天河相反的方向走，巫石就會在她識海裡一直吵鬧。

不要！不要！

那邊！那邊！

走！走！

如果她硬是不肯轉方向，巫石就會自動出現，到她手上跳跳跳。

「我不想去那裡。」

要去！要去！

巫石甚至在發亮，散出光芒。

端木玖很無奈，瞪著巫石。

「一定要去那裡？」

要。

「那是天塹山。」

要去！要去！

「可是那裡現在很多人。」

要去！要去！要去！要去！

「……」簡直不能溝通，完全沒法商量。

終於，一隻毛絨絨的腳掌「啪」地一下，把巫石壓在她的手掌裡，然後看著她。

端木玖竟然很微妙地明白牠的意思了。

「你也覺得要去？」

小狐狸定定望著她。

端木玖也看著牠。

一人一狐像在比耐力。

不過小狐狸沒繼續望下去，反而躍上她肩膀，頭側靠在她臉頰邊。

端木玖驚訝了。

小狐狸雖然親近她，但從來不會做這種像撒嬌的動作耶——雖然她感覺，這動作比較像在安撫她。

「好吧，就去。」端木玖吐出口氣，對著巫石說：「雖然決定去，不過你不能再吵，怎麼走要聽我的。」

巫石乖乖地消失，回她的識海去了。

端木玖抱緊小狐狸。

「我們走吧！」

去看看天塹山谷，究竟有什麼在吸引巫石。

第二十一章 小狐狸，竟然是……

天塹山，高聳入雲端。

因為山勢陡峭，石壁難攀，崖下卻有天然河流淤成廣大的湖泊，形成一股難以跨越的天險之地。

得名為天塹山谷。

是天塹森林中被人公認為比較安全的地方。

之所以安全，完全是因為這股天險，不只是對人而言、對魔獸來說亦是。

對人類來說，天險更是難以跨越。

對魔獸來說，想開山洞當窩，也得能爬得上去再說，爬都爬不上去，是要怎麼當窩？

而不適合當窩，對人類而言，危險性自然就降低不少。

當然這個前提是，人類沒有作死想去爬天塹山。

順著巫石的感應，端木玖一路穿越山林小道，先躲過外圍一些傭兵的偵察，再小心翼翼地避開三大家族子弟，才來到渡天河的另一頭。

愈接近天塹山，巫石的感應就愈發明顯。

端木玖順著感應的方向看去，竟然是——天、塹、山、頂。

她默默無語了一會兒，低頭看著又跑出來的巫石——

「要知道你為什麼亮個不停，還得爬上去？」

出現在她右手上的黑色小石頭，無聲動了動。

「這種幾乎沒有九十度也有八十度的陡峭角度，連月亮照下來都會反光的光禿禿石壁，沒有可以踩、也沒有可以借力的地方，你要我爬上去？」

更別說，在碰到崖壁之前，她還得先跨過一道百丈寬的渡天河。

就算你是顆石頭也不能忽視這種難度，硬要我做這種不可能的任務吧？

端木玖內心腹誹不已，在她手上的巫石卻愈跳愈劇烈。

好像在生氣。

端木玖直覺，如果巫石會說話，它現在一定會把她罵成臭頭。

「呼……」趴在端木玖左手臂上的小狐狸，懶洋洋地打了個呵欠。

端木玖驚奇地看著牠。

「你竟然發出聲音了?!」

小狐狸：「……」

這重點對嗎？

而巫石繼續跳跳動動，一直催。

「一定要上去？」

巫石很用力在她手上跳了一下。

「……好吧。」對於傳承巫石的交代，端木玖也只能拚了。

她覺得，巫石要她來這裡，要是沒讓它滿意，它肯定不會讓她好好離開，以後她也別想安寧了。

攤上這種傳承物，又被認了主……等等，她被認成主，還要反過來聽它叫喚，這樣合理嗎？

巫石繼續跳。

它才不管合不合理，只覺得要上去、要上去。

端木玖再度無語。

「……」簡直熊孩子——不對，是熊石頭！完全不能講道理、不能打商量。

既然巫石說要上去，那只好上去了。

端木玖右手一翻，巫石便消失，她抱好小狐狸，一手將匕首抓在手上，沉定心神後，抬頭望了山壁一眼，腳下輕輕一躍。

浮空術。

端木玖整個人彷彿無重力般，直直往上升。

在竄上百丈高度後，她旋身一轉，整個人靠近石壁，手上的匕首隨即一劃！

在石壁上留下一道痕跡的時候，身形再度上飄。

就這樣在石壁上劃下數十道痕跡後，她的身形整個沒入雲霧，睜著眼完全看不清四周。

端木玖以神識查探四周，憑著感覺又在山壁上留下好幾道匕首的刀痕，終於感覺到空曠的氣息。

最後一躍，端木玖身形瞬間拔高後，緩緩落在凹凸不平的山頂上。
感受著山頂上的氣息，她稍微散去護身的氣息。
呼息有些緊繃，空氣中的氣息卻很純粹，溫度很低。
四周仍然霧茫一片，被她抱住的小狐狸，尾巴上發出紅色的光芒。
蓬蓬鬆鬆的毛尾巴收在外身側，奇特的是，四周白茫茫的雲霧好像散開了一些。
嗯？端木玖一看見這種情形，心念一動，右手向前一揮。
一道火光隨著手勢閃過。
火光過處，雲霧就更散了一點。
「這算是……水蒸氣遇熱蒸發？」真是太不容易了，她竟然在玄幻的大陸發現了非常科學的現象。
好感動……
小狐狸彷彿感覺到她情緒的波動，莫名其妙地看了她一眼。
在這裡感動什麼？爬上山頂變呆了嗎？
同一時間，在端木玖識海裡，巫石指引向前方。不斷催促著。
端木玖只好抱著小狐狸走向前。
「小狐狸？」
但是小狐狸卻突然從端木玖懷裡坐起來，看著前方的雲霧。
端木玖才覺得奇怪，卻同時感覺到危險，身形立刻向後疾退。
「嘶！」

一道兇悍的聲音響過，一道黑影迅速滑過剛才端木玖站立的位置，又隱入雲霧裡。

整個過程不到半個眨眼時間。

但是端木玖已經猜到那是什麼了。

「一條大黑蛇?!你要找的就是這個？」她忍不住叫出聲。

巫石不會在耍她吧？它找這條大黑蛇做什麼？

石頭跟蛇不同類好嗎！

結果在她的識海裡的巫石，卻傳回歡快的訊息。

「……」簡直沒有比這更讓人心塞的回應。

雖然那隻黑蛇躲在雲霧裡，但是端木玖的神識已經「看」到這隻黑蛇有多大。

簡單來說，長度比較難描述，總之很長，但是大黑蛇的身體寬，比三個她疊起來當成直徑還要粗。

過去！過去！

巫石還不斷發出訊息。

端木玖想摀臉。

「你不會是要我跟牠打一架吧？」

沒有，角、角！

「角？」端木玖以神識查看了下，大黑蛇頭上確實有根角——像專門擺在路上禁止通過的那種圓椎狀。

角！角！

「……」雖然角也是黑色的，但是不能因為那隻角的顏色跟你一樣你就想搶好嗎？

尤其，這條蛇很、大、隻。

牠一張嘴可以一次吞三個她還有餘裕啊！很不好打的。

但是巫石只有一個訊息。

角！角！

簡直熊石頭！

遇到這種傳承物該怎麼辦？端木玖簡直無語問蒼天。

「嘶。」

雲霧中，隱隱傳來某黑蛇的呼吸聲。

即使有雲霧遮擋，端木玖知道，那條黑蛇鎖定自己了。

這很好理解。

看來山頂是大黑蛇的地盤，自家的地盤被人亂闖了，地盤的主人不生氣才怪。

「小狐狸，你自己可以下去吧？」端木玖低聲地問，神識卻鎖定黑蛇的動作。

沒等小狐狸表達什麼，就緩緩將牠放在地上。

「等會兒黑蛇一攻擊，我可能顧及不到你，你立刻下山谷，比較安全。」

話才說完，黑蛇就從雲霧中猛竄而來。

「嘶！」

端木玖立刻移動位置，遠離小狐狸。

「小狐狸，快走！」

然後她就在山頂上不停移動，將黑蛇的注意力引開。

黑蛇本來以為這個弱小的人類，根本不堪一擊，誰知道牠卻怎麼都咬不到她。

本來黑蛇以為牠只要動動頭顱，就可以輕易把這個人類吞進肚子裡。

但是這個狡猾的人類卻一直動來動去，讓牠不得不跟著轉來轉去、頭竄來竄去，差一點就把自己打成死結了！

「人類，妳別跑！」大黑蛇停下來了，低吼一句。

黑蛇的聲音聽起來並不好聽，但卻很響亮，明明在空曠的山頂，卻像有著無限回音，讓端木玖一時不防，被音波震得暈眩了下。

「你要吃我，我怎麼可能不跑？」

這多像警察在追人的時候，一直叫著「前方的通緝犯別跑！」一樣，完全是叫心酸的。

任何一個通緝犯只要不想進監獄，哪一個在被警察追的時候會不跑?!

「闖進我的地盤，妳本來就該死！」

端木玖意外地發現，大黑蛇好像有點喘。

雖然現在她還不太會辨認魔獸，但是能說人話，表示這隻大黑蛇的血脈或實力，至少在聖階以上。

而且大黑蛇這麼粗大，靠力氣想贏牠根本不可能。

不過大黑蛇脾氣好像不太好。

就像人一樣，一旦怒過頭，很容易失去理智。

那她就可以趁亂找機會偷襲大黑蛇的弱點。

端木玖腦子裡很快在思考，但同時也沒忘記回大黑蛇的話——

「你也沒有在山壁上寫，這裡是你的地盤，誰知道上來會遇到你呀！亂闖怎麼能怪我？要怪你。」

大黑蛇一聽，怒了。

「人類，妳想死！」

「你本來不就打算咬死我了嗎？再問這句實在很多餘，是廢話。」端木玖有點嫌棄地說。

「嘶！嘶！」大黑蛇氣得直朝她吐舌頭，蛇尾一蹬，山頂震了下。

體積龐大果然很有威力，山頂都地震了。

「啊！啊！」她叫。

「妳說什麼？」大黑蛇瞪她。

「配合你亂叫啊。」她一臉無辜地看著牠。

「誰亂叫?!」

「當然是你呀。」

「我哪有亂叫？」

「你『嘶嘶』地叫，不就是在亂叫嗎？我又不是蛇，當然沒辦法『嘶嘶』地叫，只好『啊啊』一下，免得你叫得太寂寞。」

「妳……妳……」大黑蛇被她氣昏了，也繞暈了。

這人類到底是什麼意思？

牠完全不懂！

但就是覺得很氣！

「嘶吼——」大黑蛇吼叫一聲。

牠頭上黑色的尖角突然發出光芒，引起天上的雷電，劈向眼前渺小的人類！

「轟——」

端木玖立刻閃避，卻還是來不及。

「唔！」她的左手臂被雷電掃中，雷電一下子就衝破她護體的魂力，燒傷了她的手臂。

「嘶吼——」看見人類受傷，大黑蛇很高興，立刻再來一次。

「轟——」

但是這次端木玖沒有被嚇到，反而以奇特的步代迅速後退，然後在雷電劈下來的時候覷準時機，擲出右手上的匕首。

雷電並沒有擊中匕首，反而是匕首擦中雷電邊緣，雷電被匕首吸引，順著匕首迴旋的方向，刺中大黑蛇的身體。

大黑蛇簡直要氣瘋了。

牠能引雷電，自然不怕雷電，但是這把匕首卻破開牠護身的鱗片，在牠的皮上劃出一道血痕。

傷口一點都不嚴重，但是大黑蛇的自尊受損得很嚴重！

一個小小的人類，竟然傷了牠，這完全不能忍！

「人類，妳死定了！」大黑蛇的身體大面積地朝端木玖席捲過去，讓端木玖根本不能繞開。

「你才死定了。」不能退，那就進攻！

端木玖身形疾速後退，右手上隨即出現一把手槍，在大黑蛇壓向她的時候，側過身體，右手抬槍就射——

「砰！」

子彈直接射中大黑蛇的七尺之處。

大黑蛇的身體被子彈射出一個洞，卻沒有透體而過，只是開始流血。

大黑蛇驚了一下，身體也傳來一股疼痛感。

這次不像剛才的匕首，那像搔癢一般的血痕，大黑蛇只覺得沒面子，根本不覺得痛。

但是這次的傷口，卻讓大黑蛇覺得痛了，而且愈來愈痛，讓牠又叫又怒。

「嘶！嘶！」

大黑蛇整條動了。

在受傷之前，大黑蛇還很小瞧這個人類，認為對付她，用半個身體碾壓就很夠了。

結果牠卻被打傷了。

這個渺小的人類，牠一定要咬死她，拿她當口糧！

「嘶嘶！」

大黑蛇整個動起來，端木玖這才發現，她前後左都被大黑蛇的身體圍住，唯一沒有被圍住的，只有她剛才爬上來的山壁。

大黑蛇蠕動得很快收攏蛇身，捲向她。

端木玖立刻轉身跳下山壁。

「嘶！」

大黑蛇卻長尾一撈，及時在她跳出山頂的時候，捲住她的身體。

端木玖一驚，表情卻依然很冷靜。捲住她的，只是大黑蛇一小截蛇尾，但光是蛇尾，就比她整個人還粗。

大黑蛇捲到人，立刻蜷緊尾端，將人蜷起來準備吃掉。

端木玖掙不開蛇尾，卻在被撈起要丟進嘴巴裡時，再度舉起槍——

大黑蛇一看到槍，就一驚，蛇身拉直，要扯遠她，端木玖手上的槍同時扣下扳機。

「砰！」

「嘶——」大黑蛇痛叫一聲。

牠的身體粗大，多好的靶子，端木玖怎麼射都不會射不中。

但一擊得中，端木玖在被扯遠同時，繼續朝黑蛇身上還在流血的第二個傷口，再射一槍——

「砰！」同一時間，端木玖手上的手槍化為灰粉。

「嘶！」大黑蛇再度痛叫一聲，憤怒地直接張口，一口就要吃掉端木玖。

端木玖身上卻突然發出火光。

「嘶嘶！」大黑蛇慘嚎一聲，直接絞緊蛇尾。

端木玖腰腹一痛！差點不能呼吸。卻還沒有來得及反應，就又被蛇尾丟出去，直接往山壁下掉。

雖然是被丟出來，但也是出來了。端木玖才想以浮空術落地，誰知道心念才一動，腹部就是一疼，嘴上冒出血跡，身體更是不斷加速直墜。

「唔……」她右手按著腹部，只覺得又是一疼，力量根本使不出來。是剛才大黑蛇用蛇尾捲住她的時候，傷到骨頭和腹部了。

糟糕的是，大黑蛇追著她下來了。

端木玖驀然瞪大眼。

這下她看清楚黑蛇有多大條了。

被黑蛇龐大的身體一罩，她根本看不見天了；而且黑蛇頭抬著、眼神惡狠狠地盯住她。

「嘶嘶！」就算會掉下去，也要吃掉她！

黑蛇張嘴飛竄著咬向她。

端木玖一咬牙，忍痛使出浮空術，從空中避開蛇嘴，卻撞上山壁，背上受撞擊一痛，唇角再度溢出血跡。

「呃……」整個人繼續往下掉。

咬人再度落空，黑蛇蛇身一扭，從空中向下，再度朝她竄撲過去。

「嘶嘶！」

這一副不死不休的追擊，是沒吃到她不甘心了。

端木玖看著黑蛇兇殘的動作，反而更加冷靜，就在黑蛇要撲到她面前時，她突然一聲。

「凝！」

「碰！」

黑蛇頭暈了下。

牠好像撞上什麼……但是空中哪裡有東西！

牠根本什麼都沒看見！

但是，那個人類卻離牠愈來愈遠了。

黑蛇又追！

端木玖現在連腦袋都覺得痛起來了。

剛剛……那是……

還沒想清楚，她又嘔出一口血，神智都有點模糊了。

但是她卻緊咬住唇，保持神智不昏。

現在如果昏過去，就是死路一條了。

她答應過焱不會再死，無論如何，就不能死！

忍著力量枯竭的痛苦，她集中力量，雙眼緊盯著大黑蛇。

七寸不是弱點，那麼哪裡才是？

眼睛？還是……角？

大黑蛇逼近她，這次卻沒有咬向她，反而用身體撞過去。

「碰！」

端木玖被撞上的同時，再度發出攻擊。

「斷！」

「嘶吼！」

黑蛇沒見到任何武器，所以完全沒防備，但牠的角竟然憑空斷了一截，牠痛嚎一聲，力量頓失大半。

端木玖同樣沒有防護自己，被黑蛇一撞，胸口猛然一痛！身體直直下墜，掉入渡天河。

黑蛇同樣掉了下來，「噗通」一聲，引起渡天河的河面一陣波濤洶湧。

而落水後，牠繼續追向端木玖。

端木玖一落水就屏住呼吸，待衝擊力過去後就想上岸，但是左手卻還動不了，身體更是一動就痛。

但她還在繼續往下沉。

渡天河下，愈來愈黑……

她卻沒有放棄，掙扎著想往上游。

突然，好像有什麼咬住了她的手，她睜眼一看。

小狐狸？

紅色，毛絨絨，一小團。

不是小狐狸還能是什麼?!

小狐狸那雙在水中紅得透金的眼瞳好像瞪了她一眼，就咬著她的手，飛出渡天河底。

真的是「飛」！

端木玖只覺得眼神一花，她就已經從水底變成半躺在岸邊了，全身溼答答。

但是一旁的小狐狸，一身紅毛卻依然蓬鬆鬆，一點溼的模樣都沒有。

「小狐狸……呃……」端木玖忍不住開口想說什麼，卻是胸口疼痛，又溢出口血。

見到她吐血，小狐狸的眼，好像閃過一道神采，端木玖來不及分辨，就聽見「潑啦」一聲，大黑蛇竄出河面。

牠的頭微微一轉，就找到牠要找的人了！

大黑蛇立刻奔過來。

「嘶——呃！」惡狠狠的張嘴動作突然停在河中央。

整條大黑蛇像被定住一般，然後，慢慢地，竟然開始發抖。

端木玖本來以為這次糟了，誰知道卻突然看見這一幕。

兇惡粗壯的大黑蛇，竟然露出了害怕的表情？不可能是因為現在幾乎沒有反抗力、變成待宰羔羊的她吧——咦咦?!

在她身側的小狐狸，身上突然發出一道紅色光芒，強烈的炫人目光。

紅色光芒直直往上延伸，然後光芒一散，變成——

人?!

紅髮、紅鎧，一身冷冽、一雙紅瞳。

手持一柄炎火長劍，直指大黑蛇。

開口，只有冷冷一句——

「臣服？或是，死？」

（待續）

番外

仲奎一初見北御前——那一年，被酒沖昏的腦袋

帝都真熱鬧啊！

看著酒樓滿滿的座客、樓下大街上人來人往的擁擠人潮，仲奎一喝了一口酒，輕「嘖」了一聲。

熱鬧的地方，一向不是「他」喜歡待的地方，不過也不排除「他」一時想不開，就往人多的地方衝。

因為某人行事一向沒有身為長輩應該要成熟穩重的自覺啊！

所以儘管帝都很大、人又多、「他」在這裡的可能性很低，仲奎一覺得自己還是得打聽一下消息。

一般來說，最好打聽消息的地方有兩個，一個是傭兵工會、一個是商會。

主意一定，仲奎一立刻把酒樓的侍者找來，準備詢問傭兵工會和商會的位置，誰知道他還沒開口，從三樓就先傳來一聲：砰！

接著，就看到一個人飛著撞壞三樓的欄杆，直接掉了下來。

又是「砰！」的一聲，伴隨著一堆杯盤落地「乒乒乓乓」。

坐在二樓大堂的客人及時退開，才免於被砸中的危機。

「搞什麼？」桌子被砸壞、滿桌酒菜硬生生被毀了的客人火大了，袖子捲一捲準備衝上去。

「喂喂！」一旁的友人連忙阻止。

「做什麼？」

「是端木家族的人。」友人小小聲地說。

「我管它什麼端木家……呃……」火大的客人說到一半突然卡殼，確認似地再問一次：「端木家族？」

「嗯。」友人很慎重地點點頭。

「你怎麼知道？」

「看他身上的衣服就知道了。」友人指了指躺在地上一動也不動、不知道死了沒有的人回道。

火大的客人頓時熄火了，表情有點憋屈。

那是三大家族的人！他們什麼家族都不是……

「我們離遠一點比較安全。」友人很義氣地拉著他退退退，退到邊邊去了。

剛好就站在仲奎一的桌邊。

而這時在三樓的樓梯口，出現了一名身穿紫衣，外表大約二十七、八歲的俊美青年。

而他的手臂上，很不符合青年形象的，正抱著一名小幼兒，緩緩從三樓走下來。

等青年走下二樓時，三樓又傳來一陣腳步聲與爆吼聲——

「站住！北御前！」

青年頓住腳步，側回過頭。

「還有事？」

出聲吼住的那幾個人立刻衝下來，四個人就分四個方向把青年圍住。

「打了人，你就想走?!」

「是他先出手。」

「就算是他先出手，你卻直接把他打下樓，你眼裡還有我們端木家族嗎？」

「他，就能代表整個端木家族?!」青年淡淡的語氣，就是讓人聽出語氣裡的嘲諷。

質問的人頓時語塞。

「你、你不過是一個下人，根本沒資格與我們動手！」

青年聞言，臉色變也沒變，身形只一動。

「啊！」

砰、砰、砰、砰！

圍住青年的四個人瞬間就被踢飛了出去，青年又立回原地，彷彿不曾移動過。

這時最先被踹飛下樓昏迷的人正好醒來，就看見這一幕，語氣抖了一下——

「北御前，你……你……」

青年淡淡瞥了他一眼。

「下人？」青年沒有「哼」出聲，卻讓人感覺到他語氣中的不以為然。「你們要不要拿這句話去問問端木家的族長，看他敢不敢點頭？」

淡淡的語氣，卻讓人生生覺得渾身一冷。

躺在地上還起不來的人完全不敢回話。

青年又開口——

「不管你們是奉誰的命令來的，都轉告那個人，我不想惹事，不代表我會怕事；北御前受人之託而來，照顧小玖只為故人。如果他對我、對小玖有意見，北御前隨時恭候。」

說完，青年轉身就走。

前面的人紛紛讓開，就目送青年離開，然後對著那幾個自稱代表端木家族、卻被一腳一個踢飛的人，明的暗的偷偷笑。

那五個人相互扶著腰，灰溜溜地走了。

仲奎一看得非常感興趣，立刻又問酒樓的侍者——

「剛才那個人是誰？這是怎麼回事？」

酒樓大概太常發生這種事了，等人都走了，酒樓的人也很快把被打壞的桌椅什麼的收拾乾淨，順便統計損失金額，準備叫端木家的人賠償。

而客人們沒事看了一場熱鬧，雖然驚嚇了一下下，但更多的，是對這個爭鬥事件的好奇。

於是每桌的客人都很熱烈地討論這個話題。

而酒樓的侍者也是見怪不怪，被詢問了，就很熱心回道——

「他是北御前，聽說是一年前來到帝都，找上端木家族……」侍者很快把他「聽說」的事情全部說了。

「……端木家族裡有些人大概覺得北大人太高傲了，所以看他不順眼，就不時會找他麻煩……」

「端木家族的族長都不管嗎？」

「沒鬧出人命，也不算什麼大事。」侍者聳了聳肩。

那些大家族的事、世家大族族長的想法，哪是他這種小人物能想懂的？他只要顧好自己的工作、有領到錢就好了。

「那這個北御前，就一直照顧那個小嬰兒？」

「嗯，聽說是這樣。」

仲奎一又問了這個問題，這才給了侍者一個金幣，讓他離開。

「聽起來，是個很有趣的人啊……」仲奎一摸了摸下巴想道。

來歷不明，卻送回來一個孩子；然後為了那個孩子留在端木家，只為一個承諾……

仲奎一當下決定，有機會一定要認識這個人。

重義氣又有實力的傢伙，是很值得好好愛護的。

這個時候的仲奎一，還不知道自己以後會為了這個決定感嘆多少次。

但是，卻從來沒有後悔過。

番番外 銀大師諮詢室

上聯：疑難雜症隨便問
下聯：有問必定有答案
橫批：說不準　給金幣

本日預約：仲奎一（一見鍾情篇）

仲奎一：大師，我有一個問題。（認真）
銀大師：請說。
仲奎一：我最近見到一個人，一直記著他、常常想起他，想和他建立永遠的交情，成為他心裡很重要的人。大師，這樣的想法正常嗎？（因為從來沒有對任何人有這種心情覺得有點怪怪的所以需要尋求肯定）
銀大師：很正常。
仲奎一：真的?!太好了。（放鬆）那我為什麼會有這種心情？
銀大師：這個人很吸引你？

仲奎一：嗯。（認真）

銀大師：這就是一見鍾情啊！（呵呵呵，戀愛中的人都是呆子）

仲奎一：……他是男的。

銀大師：性別不是問題。

仲奎一：我只見過他一次。

銀大師：所以才叫「一見鍾情」啊。

仲奎一：……不準！（準備走人）

銀大師：等等。走之前，先給金幣！

仲奎一：妳算得不準還敢跟我要金幣?!

銀大師：請看橫批。

仲奎一：……（抬頭一看，什麼鬼！）

銀大師：你說「不準」了。（所以請給金幣）

仲奎一：……（他可以掀桌嗎！）

作者的話

記得在寫第二集預告文案的時候，銀姑娘想著，第二集應該是這樣的劇情、這樣寫。

嗯，很好、很ＯＫ。寫的時候一定可以很順利。

實際上等到真正開始寫的時候，才發現，啊！這個這樣接不下去，要換一種。

但那樣換了之後，後面要調整一下。

嗯……不過還是可以接回來的，重點情節不變。

但是這段這樣接感覺不夠，要換一種感覺……

然後，經過修刪又卡、再卡再修的情況重重複複後，第二集總算寫完了。

以上，這不是流水字，而是真實的情形呀！

最近常收到有讀者朋友們問說：妳都是怎麼開始寫一篇小說的呢？

這個問題，我想如果有讀者問十個作者，十個作者的答案，大概都會不一樣吧！

如同書沒有長得一模一樣的，每一個人腦袋的思考方向也多多少少會有不同。

其實，銀姑娘每次想寫一篇小說的時候，開始的點也都不太一樣呢！

就以《末等魂師》來說，首先，主角是女的。（廢話？）
再來，她為什麼出現在異世。
然後，她有什麼特點，故事的主題是什麼。
接著，她有著什麼樣的背景、年齡多少、長相如何……等等等。
先出現的，會是完成度大概七到八成的女主人設。
而剩下的兩、三成，通常會在真正開始寫了小說之後，才會慢慢完整。
而這樣的女主，要在這個世界裡發生什麼事。
再來，就是世界背景啦、男主啦、主要配角……

對銀姑娘來說，其實寫一本小說，起點跟終點定了，中間內容其實是常常在變的。
（於是，這點常被說是自己挖坑埋掉自己；卡稿有八成的機率都是因為這樣。）
這其實也是銀姑娘寫作時的一種陋習。
銀姑娘曾經很認真地去計畫一本小說的情節內容，從頭到尾，連中間過程都計畫完成了。
結果寫的時候，到第二集就完全推翻了以上大綱設定，依然只剩起點和終點不變，然後中間過程完全變樣。
那真的寫到銀姑娘常常無語凝噎。
「我到底設定得那麼詳細是在虐待誰呢！」
結論，就是自己呀！

所以呢？如果有心想嘗試寫作的朋友，寫著寫著就卡住、就接不下去，請不用太傷心，不是只有你會這樣啊！銀姑娘也是。（淚）

然後寫著寫著就「變樣」，也不用太難過。

因為，銀姑娘也常常發生這種事呀！（淚Ｘ２）

雖然故事的走向經常不自覺脫離軌道，不過對銀姑娘來說，列出大綱卻還是必要的。

有了大綱，就會記得自己最初的時候想寫的是什麼，而不會真的跑偏；另外，大綱也可以當成一種筆記，提醒自己這邊寫過什麼，不要忘記了。（雖然這又是銀姑娘的另一點心酸，筆記永遠不夠用啊！）

對銀姑娘來說，「變」，其實是一種痛苦、但也是一種快樂。

小說是一個一直在腦子裡的東西，要把它用文字具體寫出來，那是一種腦內轉化的過程。

一直覺得，人的思考，是不停在轉動的；同樣的一個情節，一個月前的寫法和一個月後的寫法，是很有可能會截然不同的。

就是在同一個時間點、同一種情節，腦子裡也可能出現好幾種表達方式。

但選擇哪一種方式表達、怎麼讓情節接得順，讓看小說的人看起來暢快淋漓、沒有違和感，這就考驗著每一個作者了。

儘管因為變，常常讓銀姑娘在寫作過程中吃足苦頭。

但不可否認的是，正因為這樣的不確定性，當寫完一本稿的時候，銀姑娘才覺得特別滿足。

「我終於又填完一個坑爬出來了呀！」ＹＡ！

填完一個坑，總是另一個坑的開始。

於是銀姑娘又要開始挖坑、填坑了喔！（笑）

希望大家看故事看得開心，喜歡玖玖和焱，我們期待第三集再見囉！

二〇一六年三月

銀千羽

國家圖書館出版品預行編目資料

末等魂師②：冒險就是去尋寶 / 銀千羽 著.-- 初版.--
臺北市：平裝本．2016.05 面；公分（平裝本叢書；
第 436 種）（銀千羽作品）

ISBN 978-986-92911-0-1（平裝）

857.7 105004582

平裝本叢書第 436 種
銀千羽作品

末等魂師

② 冒險就是去尋寶

作　　者—銀千羽
發 行 人—平雲
出版發行—平裝本出版有限公司
台北市敦化北路 120 巷 50 號
電話◎ 02-27168888
郵撥帳號◎ 18999606 號
皇冠出版社（香港）有限公司
香港上環文咸東街 50 號寶恒商業中心
23 樓 2301-3 室
電話◎ 2529-1778　傳真◎ 2527-0904
總 編 輯—龔橞甄
責任編輯—張懿祥
美術設計—嚴昱琳
著作完成日期— 2016 年 3 月
初版一刷日期— 2016 年 5 月
初版二刷日期— 2019 年 2 月
法律顧問—王惠光律師

讀者服務傳真專線◎ 02-27150507
電腦編號◎ 560002
ISBN ◎ 978-986-92911-0-1
Printed in Taiwan
本書定價◎新台幣 220 元 / 港幣 73 元